青春如花

卢慧君 著

陕西新华出版传媒集团

陕西旅游出版社

图书在版编目（CIP）数据

青春如花 / 卢慧君著 . — 西安：陕西旅游出版社，
2018.6

ISBN 978-7-5418-3645-9

Ⅰ . ①青… Ⅱ . ①卢… Ⅲ . ①散文集 — 中国 — 当代
Ⅳ . ① I267

中国版本图书馆 CIP 数据核字（2018）第 112675 号

青春如花　　　　　　　　　　　　　　　　　　卢慧君　著

责任编辑：张　婧
出版发行：陕西新华出版传媒集团　陕西旅游出版社
　　　　　（西安市曲江新区登高路 1388 号　邮编：710061）
电　　话：029-85252285
经　　销：全国新华书店
印　　刷：三河市金元印装有限公司

开　　本：787 mm×1092 mm　　　1/16
印　　张：13
字　　数：163 千字
版　　次：2018 年 6 月　　第 1 版
印　　次：2018 年 10 月　　第 1 次印刷
书　　号：ISBN 978-7-5418-3645-9

定　　价：49.80 元

以自己独特的神采放射光芒

——读卢慧君散文集《青春如花》

王宗仁

  拿到卢慧君散文集《青春如花》，我首先读的是《邂逅蜀河》，我曾两次到蜀河，写下了《蜀河的夜灯与山歌》《一半静一半净》，自认为写得还好，尤其是后一篇，多有文友赞许。我本能地有个念想，卢慧君会怎么写蜀河呢？细细品读，她对蜀河细致入微的观察和这观察之后的合理想象，使她笔下的这座古镇呈现出古朴而纯美的风貌，我把这称为"文学蜀河"。我向来主张作品（当然包括散文）不要原汁原味地照搬生活，一定要渗入作家对生活的想象，以提升生活。我常说"走进生活，走出生活"，卢慧君正是这样做的。用她的话说，就是"我与蜀河，既有初见的一见钟情，又有久处的日久生情"，"钟情"与"生情"的绝妙之处，就是把"生活的蜀河"变成了"文学的蜀河"。

  卢慧君写道："小巷很窄，远远看去，对面的房檐给人一种被覆盖的错觉，似乎一抬头，一不小心鼻尖就会碰到对面的墙壁上。柔和的阳光硬是从缝隙间挤下来，铺在整洁的青石板上，像一块素净白布，各种图案投射在上面，闪动跳跃，像极了传统蜡染布，和着头顶的蓝天白云，泛着古朴清幽的味道。"

文学展现的是生活，体现的却是艺术。或者说，文学展现的是人性，体现的却是个性。读了这段文字以后，难道你不觉得卢慧君笔下的蜀河小巷比现实生活中的蜀河小巷更有光彩，更令人向往吗？这便是作家想象力的神奇所在，也是文学的魅力所在。

卢慧君还写道，在蜀河"不必紧追慢赶、步履匆匆，也不必去想纷繁的人情世故，一切删繁就简，尽可让时光慢下来。我悠闲地踱着方步，渴盼的目光在古镇千年历史长河中顾盼逡巡，以期打捞黄金水道的传奇和凄美爱情故事。"乍看似乎有悖常理，她要在千年前的"传奇"中"悠闲踱步，删繁就简"，让当前人们连上厕所都几乎跑步的快节奏生活"慢下来"？我深有体会，这正是我们踏进蜀河古镇后的真实感受，卢慧君捕捉到了，难能可贵！这不由得让我想到了我在散文《一半静一半净》中的一段文字："因为静，也因为净，纵横穿错一时难以数得清的大街小巷，出奇的空旷。薄薄的阳光下，我看到自己和一棵树在光洁的石板地上的倒影，像一张古旧的年画。""静"和"净"相比，我更喜爱"净"，因为它包含了"静"以外更多的元素。我理解卢慧君所说的"删繁就简"似乎也含有此意。

文学始终是在想象和创造着世界，而非表现世界和再现世界，它源于生活、高于生活，是作家创造的"第二生活"。20 世纪80 年代中期，在柯蓝老师主持的一次散文论坛上，我听到一位文学评论家这样说过："文学要实现对世俗世界、世俗视角、现实时空的超越，即从有限时空进入无限时空，靠什么呢？不是靠人造卫星，不是靠宇宙飞船，而是靠'想象'这一心理机制。"作家对自己积累的生活有深刻的提炼，必须努力地建立属于自己想象力的文学宝库。卢慧君的散文《山村之夜》虽然只有千余字，却把现实生活中十分敏感的关于计划生育的题材，举重若轻地写得恰如其分，令人信服，且妙趣横生。这篇文章的意蕴即主题是在暗示山村的和谐、恬淡、静谧，卢慧君很巧妙地以"声响"来衬托"静谧"，妇人在吊罐里煮肉的"咕咚、咕咚"声和纳鞋底的"嘶啦、嘶啦"声，男人推门进屋的"吱呀"声，还有夫妻俩吃肉喝酒时轻松的对话声。妇人很自然地掏出红皮准生证，男人似醉未醉说了一番话："咱不生了。你一生，咱那几百亩的药材和果园咋整？"文章结尾："灯熄了，四周一片寂静，妇人带着无限的遐思和幸福安然进入梦乡。整个村庄在夜的帷幕下显得静谧、恬淡……"山村的夜宁静、阔远，如那吊罐里的肉香与院内的栀子花或凤仙花香一般，有风吹拂，甚好！

散文看似是大众化的写作，但要写好必须具备扎实的基本功。卢慧君的散文优雅有韵味，克服了那种"拿肉麻当有趣的低俗趣味"，能以读者喜欢的口味展现自我趣味和人性审美的多样性，且情感丰富、意境高远，读过能让人深思，让人感悟，让人受益。

我在阅读卢慧君散文集《青春如花》时，深深被她笔下展现的五彩缤纷的生活所牵引、感动，常常走进各种各样的生活激流中，感受生活的真善美。这时我总会想起已故著名诗歌理论家张同吾先生讲过的一番话:"每一个作家都是一轮太阳,以自己独特的神采放射光芒;每一个作家都是一棵大树,以自己的方式植根大地并向辽阔的天空吐绽万缕情丝。"我们从卢慧君的散文中能感受到中华民族担当的精神与纯朴的品质对她人品和文品的滋养,她爱事业、爱生活、爱亲朋,她很在乎平凡朴实的生活滋味和乐趣。可以看出来,她不仅满腔热情地享受看似庸常的生活,并竭力用自己的笔反映这些庸常生活与大家共享。当然,就文学创作而言,要做到一眼就发现日常生活中的亮点,可能要投入更多观察才行,只有学会既观察生活又会想象生活,既善取又善舍,才能"提取"身边的真善美,才不会错过精彩的创作。

2018 年 4 月 28 日于望柳庄

目　录

第一辑　青春如花

青春如花

　　早春的细雨就这样淅沥沥地洒落了一夜，我微闭着双眼躺在床上，细数着雨声挨到天亮。正是花季，这一夜风雨，明朝不知有多少花红陨落啊！我惦记着公园里那一簇簇蓬勃的花朵，早早地撑了雨伞向公园奔去。

　　果然是"小楼一夜听春雨，深巷明朝卖杏花"，昨日如潮的花海转眼已是残迹斑斑、稀稀落落地挂在枝头，孤独地在风雨中苦苦挣扎。残朵上面泛着点点冷光，不知是伤心离别的泪，还是痛苦绝望的眼。地上早已铺了厚厚一层花瓣，静静地躺在浑浊的泥水里，一片狼藉。"桃花羞作无情死，感激东风，吹落娇红，飞入窗间伴懊侬。"如这朵桃花一样的幸运儿能有多少呢？不知《红楼梦》里的黛玉看到这一幅残景，又会哭成什么样？我唏嘘着，心里着实懊悔：虽然每日上班下班，数次途经这景色如画的公园，但从未放缓过来去匆匆的脚步，细细欣赏这一树树姹紫嫣红的花，葱茏明艳的绿。寒来暑往，燕子去了又回，时光不知从我指尖流逝多少，但我从不知第一片叶子是什么时候在枝头破芽而出的，第一朵花是什么时候在春风中迎风招展的，第一只燕子是什么时候在梁间喁喁呢喃的……我也不知，第一片黄叶在什么时候被秋风扫落，第一片红花在什么时候被风雨凋零，第一朵雪花什么时候被孩童追逐；更没有停止脚步，细赏叶子舒展时的曼妙身姿，也没静下心来细听花开时的天籁之音。这些年来，我的脚步总是太匆匆。这匆匆的脚步，让我错过了春的美艳，夏的绚烂，秋的丰盈，冬的深邃。总以为，花期很长，未来的日子很长，错过了这朵的艳丽，还有那朵的清雅；错过了今天的阴云，还有明天的艳阳。不曾想，错过了多少花期，蹉跎了多少岁月，竟摇摇晃晃错过了人生大半。原来，人生并不如我们想象的那样漫长，花期也并不是我们想象的那样久远。生命从开始到消隐，只是弹指转瞬的事啊！正如这躺在地上的花瓣。

我俯身拾起一片花瓣，手上竟有些许残红，是它滴的血吗？果然，风雨已蚀去了原本属于它的娇艳风姿，使其黯淡失色。昨日风姿绰约、争奇斗艳、被蜂蝶追逐的花朵如今零落成泥，不禁使我想起转瞬即逝的青春：那时的我们风华正茂，激扬文字把曼妙的青春时代演绎得轰轰烈烈、荡气回肠。怎料得，在浓墨重泼、尽情挥洒青春之时，青春却行走在时间的河岸，渐行渐远。未等回神，岁月已毫不留情地盘踞于额头，挥之不去……青春成了我们刻骨铭心的人生印记。

我清楚地记得，在我学生生涯最后一段时光，在春夏之交的一天，班主任把我叫了出去，说是学校要推荐两名同学去南京农业大学深造，根据入校成绩和在校表现，他推荐了我，让我回家商量，尽快给他准确答复。初听后，我一阵窃喜，这是母校对我学生生涯所有努力的最大肯定，更何况上大学是每个学子梦寐以求的啊！但冷静之后，我选择了放弃，因为我太清楚家里的经济状况了：父母年事已高，他们都是农民，供我上中专已属不易，再去读四年大学，我真的于心不忍！那一夜，我钻在被窝里哭到天亮。第二天，我谢绝了老师的美意。就这样，多少次梦想的大学与我失之交臂。此后，我对此只字不提，它成了我心里不可触及的痛，是我的青春之殇。

　　而今，我已过不惑之年，时间早已抚平了我心里的痛，我终可对此事欣然释怀。人生就是这样，有所得必有所失，抑或说，有所失必有所得。我们失去了青春的锐利，却收获了成熟的睿智；失去了象牙塔里的熏陶，却得到了社会的磨砺；失去了春的娇媚，却收获了秋的果实。在得失之间，我们不断成长、成熟。

　　此时的雨，被悄然来临的雾临空带净，一轮朝阳喷薄而出，道道霞光洒满公园。回视满地的落花，仰望枝头的嫩芽，那片片舒展的绿叶生机盎然。驻足片刻，无限春意深深感染了我，让我心怀希望，奔向远方……

独坐午夜

就这样，我静静地独坐在初秋的午夜里，倾听窗外雨对芭蕉执着的恋情，蟋蟀为秋所赋的最后恋曲。蓦然间，我走进记忆的河流中，拾起被人生风雨过滤后的点点滴滴，然后用女人细腻的心丝，将它串成一束相思风铃，悬挂在心的窗口上。

在这串风铃中，最为华丽、最为耀眼的一枚便是你。最盼夜阑人静时，你能穿越时空，在水一方独独为我将风铃摇响，只因你的名字一直是充盈在我唇齿间的一盏香气馥郁的美茗。但最终定格在我脑海里的是你那句"男儿志在四方，我生来是为了流浪，爱我就放我远行"的话语，尔后你毅然抖掉我洒在你肩头的灼灼目光，走出了我牵系不绝的视线。从此，我将夏日的明媚隐去，换作深秋的淫雨，纷纷扬扬……思念犹如脚下广袤的土地，无边无际。当洒完我最后一滴泪时，我已是李清照般"人比黄花瘦"了。

细想一下，每个女人都是李清照笔下婉约清丽的词，柳永手中依依多情的柳。女人原本就是为情而来到红尘中的，所以才会心甘情愿地为情所累、为情所困，任由青春、生命被情一丝一丝地抽白、抽老……被爱的女人是幸福的，爱人的女人是美丽的。能在逆境中傲然挺立的女人，心里必定藏着无限的爱。无爱的女人不是真女人，只是一具槁木或一个魔鬼。总之，女人一生对爱情的追求，犹如农人对庄稼不倦的希冀、根对土地不屈的眷恋、水对山峰不悔的忠诚……

告别青草地
——献给毕业同学的歌

当枝头最后一抹嫩绿在晨光下伸展成一片墨绿，飞扬的双眸便罩上了一层浓浓的阴霾，继而滂沱的大雨开始一倾而泻，所有的心便沉重得无法启航。曾经的不快、误解和怨恨，顷刻间从上下晃动的指间悄然滑落。

阳光不再明媚，鲜花不再娇艳，百灵不再婉转，雪松不再挺拔，青春的风采、学子的傲气已不在你脸上荡漾，恍如隔世。你的深沉，你的无奈，让我陌生，也让我难过。我怎舍得就此松开这紧握的双手，可我又怎能拦截未来对你的召唤？

走了，最终还是走了。沉甸甸的背包装着你四载寒窗的理想与希望，载着情同手足的学友的情谊和祝福，负着辛勤园丁的期盼与嘱托，你就这样踏上了遥远的天际。

走吧，义无反顾地走吧。我不会伸手遮住你头顶的蓝天白云，不会用执着的视线将你牵住，更不会用无尽的泪水将你淹没。这是你和我最后共走的历程，那曾经属于我们的林荫路，那曾经属于我们的清晨黄昏，已不再为你我所拥有。多年以后，当青春韶华随风逝去，残酷的生活无情地灼伤你的心灵，谁与你彻夜促膝长谈，谁来抚慰你受伤的心灵？别说你的耳旁不再有我的喁喁私语，绽开的春风安能栖息在你的心头？别说！

你前方的路虽风雨交加、沟壑遍布，但只要勇往直前、矢志不渝，精彩的世界会有属于你的一片天空。不论成功、失败，不管欢欣、痛苦，纵使我不在你身旁，我忠诚的心始终伴随着你，为你虔诚地祈祷、祝福。

红尘路上　各安天涯

闷了很久的雨，终于在这个黄昏降落，给酷热的大地带来了清凉，也抚平了我多日来浮躁焦灼的心。

我撑着雨伞，独自一人漫步在雨地，感受着难得的夏日清凉。

夏花绚烂，一树树花的精灵在风中摇曳生情，在雨中顾盼生姿。夏花因绿叶的陪伴，更加明艳动人。

有风拂过，散落在花上、叶上的雨滴像断了线的珠子，"噼噼啪啪"滚落到地上，似离别时无奈的叹息，又似离人伤心的眼泪。

红花需要绿叶配，花和叶相互辉映，才是绝美的风景。夏花幸运，幸运夏花，从吐蕾到凋零，有叶一路相伴。烈日下，叶为花遮蔽阴凉；风雨中，叶为花撑起一片晴空。夏花短暂的一生，因了叶的陪伴而丰盈从容，远比春花幸福。

那些盛开在春风里的花儿，桃花多情美艳，梨花纯洁高雅，没有一丁点儿杂色，貌似热闹，却难免有点儿凄凉、落寞。花开叶未生，叶生花已落。"花叶千年不相见，缘尽缘生舞翩跹。花不解语花颔首，佛渡我心佛空叹。"一树树繁花从爆芽到荼蘼，从生至死未能与叶相见，空等一生，徒留一地相思，飘散在流年里。尽管如此，春花依然在生命的轮回中不改初心，嫣然盛开。

生命犹如一树树花开啊！

人生有那么多邂逅，有美丽，有忧伤，有重逢，有离别。站在缘分的十字路口回望，人生旅途中人来人往不计其数，能擦肩而过已属有缘，驻足身边的能有几人？愿停下来陪我们共走一程的又有几人？

缘分的深浅真是难以琢磨。通讯录里那么多人，和很多人从未说过一句话；生活中，多少人低头不见抬头见，相处一生却从未打开过心门，走进彼此的内心。与我们有交集的人并不多，成为交心知己的人更是寥若晨星，不过二三。那需要"三观"高度契合，言语、思想处于同一频道啊！曾经鲜衣怒马的人，早已温润如玉，更不是三岁小孩，你给了我一颗糖，我们就是好朋友。

佛说："前世五百次的回眸，换来今生的一次擦肩而过。"那么，前世需要多少次的回眸，才换来今生的倾情相遇、结伴而行？

人生总是不断地别离、重逢。寂寂流年，因了重逢，人生才不会孤单寂寞。若能有一点点心的相通，便是意外的暖。

我们都怕离别，总想把一程山水的相伴蜿蜒成细水长流，期盼一次牵手能够天长地久，幻想一次花开能成永恒。于是，我们总是口中轻许诺言：朝看日出，暮看落霞；红尘共舞，风雨同舟。

我们却忘了，不是每一朵花都会结出香甜的果实，不是每一次遇见都有一个完美的结局，不是每一次回首那人都在灯火阑珊处。人生旅途且行且珍惜，相惜是相伴的基础。

行走在流年里，不经意间在人生的某个节点回首，才发现早已物是人非。身边的人不知何时早已不在，甚至离别的话语都未曾出口，就已淡出生命。前行中，我们渐渐忘了初心，模糊了彼此的容颜，找不回最初的自己。

烟花易冷，红尘易逝。人生如花开，有叶相伴固然美好，但人生路上注定有段路是自己独自一人走的。没有观众，没有掌声，没有鲜花，更没有可依靠的肩膀。就让我们的心，开成一朵春天的花的模样，兀自鲜艳，兀自芬芳。

生命中有一门课程是接受。接受离去的人、过去的事、改变不了的事实，也学会接受在人生的舞台上一个人独舞。

"相遇是前世修来的缘，相离却是今生苦渡的舟。"红尘相遇已是美好，只是相遇不易，相守更难。不必抱怨，只需感恩，不管曾经是欢愉，还是痛苦，是得到，还是失去，都温暖过我们的心房，丰盈了我们的人生，成就了今日的自己。愿用一支瘦笔，把遇见的人、经过的事，都描摹成最初相见的美好模样，尘封心底。

花开花落，是起起伏伏的人生。"来是偶然的，走是必然的。"缘来，好好珍惜；缘散，不等候，不寻找，不惊不扰，各安天涯，独自取暖。

挥别昨天　拥抱未来

　　世间最无情、溜得最快的一定是时间，刚刚还是晨曦初上，眨眼已是暮色四合；昨日燕子还在檐下啄泥筑巢，转眼已举家南迁。时间绕过纤细的指尖，从宽大的指缝无声地溜走，一切都是那样匆忙。还未来得及回味往事，还未来得及感叹时间都去了哪儿，我便猝不及防地一头跌进了新年的怀抱。

　　难得有这样一个清静的午后，不再有迎来送往、觥筹交错的红尘俗事打扰，不再有鸡毛蒜皮的琐碎家务缠身，守着红泥小火炉，捧着一杯寡淡无味的白开水，静听窗外寒风呼啸，漫赏飞舞的雪花飘洒诗意。我的心如眼前飘舞的雪花一样，上下翻搅，海阔天空。此刻，我站在岁月之河的彼岸回眸凝视，身后轻轻浅浅都是我留下的足迹，未被岁月之河淹没的、依然流淌的，都是令我刻骨铭心的。

　　时光清浅，流年似水。总有一帘幽梦，幽居心中，被闲情浇灌，自娱自乐。一直以为梦就是梦，不会生根发芽、开花结果，也曾经在文学门外久久徘徊张望。2016 年，注定是我终生难忘的一年。当春风吹绿了小草，吹红了山花，梦也随之被吹醒。被吹醒的梦生着翅膀，带着我一头撞开了文学这扇大门，让我认识了一个全新的世界。原来，在文学这条路上，我并不是一个孤独的跋涉者。在文学的伊甸园里，有那么多志趣相投的文友，有那么多行在前列的引路人。

感恩一路前行中文友的相伴相扶，感恩鼓励和支持我的编辑、读者，感恩介绍我入各级学会、作协的老师，其中很多人与我素昧平生。是你们，让我烟火气十足的生活多了几分墨香，平淡无味的日子增添了亮丽色彩，给了我继续前行的动力和勇气。春种秋收，当我陆续拿到梦寐以求的小红本时，还是掩饰不住内心的激动。原来，我还是那个容易满足、容易快乐，红尘中俗之又俗的小女子啊！

人生，从来没有绝对的赢，也没有绝对的输。风光的背后，必有不为外人所知的苦；平庸的背后，自有简单的小幸福。总怕失去，却还是不停地失去；总怕没把事情做好，处处小心，还是不尽如人意。总是拼命地追求健康，疾病还是不期而至；总是拼命地追求幸福，却不知幸福是何滋味。一场突如其来的疾病，尽管只是虚惊一场，却让我参悟了很多：名利只是锦上添花，健康才是幸福的根本。生活其实很简单，没有我们想象的那样复杂，一切始作俑者皆来自于我们的内心。心若简单，世界就简单；心若复杂，世界就复杂。

时间在教会我们成熟的同时，总不忘给我们添上一笔凝重的沧桑。人生路上，我们都是负重的行者，曾经尖锐的棱角早已被生活打磨平滑。我们学会了把眼眶里打转的泪水生咽下去，然后转身微笑着面对生活。我们更学会了面对现实，接受平凡的自己。

人生是一场不可重来的漫漫单程，所有的缘分，今生只有一次。茫茫人海，相逢是缘，珍惜缘分，在不远不近处欣赏就好。爱情也好，友情也罢，事业也好，梦想也罢，得之我幸，不得我命。注定离开的缘，不必死死追求，抓住不放。放下，何尝不是一种得到？不要为难缘分，为难自己。宠辱不惊，得失随缘，不悲不喜，才是人生的大境界。

　　人生路上，我们得到过，也失去过；欢笑过，也痛苦过。风风雨雨，起起伏伏，成就了今日的自己。就着杯中尚存余热的白开水，饮下生活中酸甜苦辣的千般滋味，原谅不完美的自己，带着一身轻松，不言伤感，拥抱未来，走向新的一年。

青春伴我好还乡

我是在人们热衷于下深圳、闯海南的年月里毕业的，由于诸多因素的限制，没能像其他年轻人那样"下海"试试水性，而是老老实实地接受了分配，来到瀛湖岸边的一个小镇，做基层行政工作。

刚踏入社会的我信心百倍、豪气十足，什么事于我都有一种新鲜感和吸引力。然而很快，基层琐碎的工作，毫无顾忌的粗糙玩笑，单调乏味的生活，使我深深地失望。曾经的雄心壮志，顷刻间便被消耗一空，我甚至有些愤愤然。

日子就这样在无所事事中漫不经心地溜过，眨眼到了年底。这一天，我和书记、镇长及其他干部下乡，给荣获"纳税模范户"称号的村民送奖牌。为了不给村民添麻烦，我们吃了午饭才去。不知是跟着领导的缘故，还是美妙天气的缘故，我的心情特别好。蔚蓝的天空和湛蓝的湖水连成一色，阳光暖暖地照在身上，小船极富节奏地划行着，说不出的惬意和享受。约莫二十分钟光景，小船靠了岸，我跟在他们后面，沿着蜿蜒的山路向上爬。

随着鞭炮声响起，周围群众立即围了过来。模范户在众人羡慕的目光中，自豪地从书记手中接过了奖牌，镇长趁机发表了一番关于公民纳税的重要性及向模范户学习的演说。一家老小喜形于色，女主人更是忙得不得了，找了烟，倒了茶，又麻利地端上了核桃、花生、板栗、柑橘招待我们。忙完这些，女主人又要去张罗饭，被我们坚决地谢绝了。由于我刚出校门，加上身子单薄，更显一副娃娃相，女主人对我十分热情，一个劲儿地拣好吃的往我手里塞。临走时，女主人还让我往口袋里装好吃的，我执意不肯，她便找了个塑料袋，装得满满的追了上来，硬是让我拿上，并且叮咛以后下乡一定要到她家去玩。袋子沉甸甸的，我心里暖融融的，有说不出的感动。我和他们的距离一下子拉得很近很近。

后来的几家模范户无不一样热情好客。

我坐在回去的船上，回想这天所发生的一切，心里感慨万端：直到今天，我才对这一方山水养育的山民有了一定的了解，心里涌动着一种兴奋、感激、惭愧相交织的情愫。就因为有了这次经历，我才在后来有离开这大山的机会时放弃了，至今无怨无悔。

转眼，我在瀛湖岸边待了很多个年头。也许，我的整个青春，甚至我的一生都会在这淳厚的乡情中度过。

青山仍在　友情依旧

那曾经逝去的锦瑟年华，因时间久远，如雾里看花，迷蒙疏离。翻看发黄的照片，在往事里努力寻找褪色的面孔，记忆才渐次打开、清晰。往昔如散落一地的珍珠，等我们一粒粒捡起，再用真情串成一件华丽的项链，装点着我们的人生。

白驹过隙，时间的河流不经意间将我们最为珍贵的三十年美好年华带走。

三十年，足以沧海变桑田。

三十年，铁马冰河扭乾坤。

三十年，时光褪去了我们的青涩，苍老了我们的容颜，不变的是同学情。

穿过悠长深远的三十年时光隧道，依稀又回到了我们的初中生活，一切都是那么亲切：那洒满阳光的操场，那弥漫花香的校园，那清晨传出琅琅书声的教室，那迎着朝阳在风中奔跑的花样少年，那如二月枝头娉婷展颜的豆蔻少女，那将一腔热血奉献给三尺讲台的优秀教师，那伴随我们成长的台湾校园歌曲，都曾无数次入梦。

那是提起来满心欢喜，轻轻一捏都能出水的青葱年华啊！我们是那样年轻，像刚结的青杏，像刚挂的青梅，美好又可爱，是那样青涩。青涩得只知淘气斗嘴、逃学打架，变着花样地恶作剧；青涩得男女生之间说一句话都会羞红了脸，早恋更是那个年代的禁忌。那时的我们简单、快乐，想"为赋新词强说愁"都难，小小的烦恼只与成绩有关，与成长有关。

是的，我们太年轻了，以为一千多个日子望不到尽头，以为这样的朝夕相处可以天长地久。却没想到，时光如水，寂静流走。当我们猝不及防地站在离别的渡口时，才发现那起伏的心事还蛰伏在心底，那心仪的女孩还未来得及表白，连同那薄如蝉翼未实现的梦想，如凋谢的春花散落在流年里。

是的，我们太年轻了，还未明白离别的含义，以为这只是一个再平常不过的假期，乡里乡亲、街坊邻居转身依然可以聚首。因而，我们没有古人离别时折柳相赠的依依不舍，没有各奔天涯、"儿女共沾巾"的万般惆怅，没有"今日乐相乐，别后莫相忘"的千般叮嘱，也没有影视剧中离别时十八相送、抱头痛哭的感人场面。我们走得那样平淡潇洒，没有犹豫，没有胆怯，可怎知就此一别，便是天涯海角、音信全无。

左手离别，右手等待。光阴两岸，离别和等待一样漫长，付出和获得一样深远。小小年纪的我们独自浪迹天涯，没有亲人也没有依靠，不知要付出多少艰辛。唯一能做的，只有尽可能地使自己在异地他乡立足、强大。在社会上摸爬滚打，方知校园生活的美好；面对纷繁复杂的人际关系，才知同学友情的可贵。美好的中学时光如流光溢彩的画卷，烙在我们的记忆深处。岁月去留无痕，年华掷地有声，时光无声地从宽大指缝间溜过，一晃我们已奔走在不惑至知天命的途中。当所有的希望已尘埃落定，我们终可放缓前行的脚步停下来喘息一下，从容地欣赏路边的风景，远在天边的故乡便成了我们的一种人生信仰。那故乡的山水，故乡的一草一木，儿时一起玩耍、学习的伙伴，成为我们魂牵梦萦的牵挂。

青山仍在，友情依旧。感谢时光馈赠，感谢命运厚爱，让我们在网络上相聚。曾经刻骨铭心的历程，已将我们沉淀得温润如玉，男士宽容大度，女士优雅温婉。隔着小小的屏幕，眼里依然是当年的那个你，或幽默、或深沉、或开朗、或俏皮……眸子里依然流淌着清澈如水的光芒，笑容依然纯洁无邪，如人间四月天。那些记忆中的片段，终连成一幅幅鲜活动人的画面。曾经的同学情，经过漫长光阴的打磨、发酵，已升华为一种亲情。曾经未曾出口的表白，终在半真半假的玩笑中轻松说出，然后变成一粒红砂痣印在胸口，永不再提。曾经所经历的风雨、饱受的磨难，都已盛开成一朵色泽淡雅的素花，偶尔翻出来，当作小酌佐料，已然云淡风轻。

正如电视剧《致青春》的女主人公郑微所言："故乡是用来怀念的，青春是用来追忆的。当我们怀揣它时，它一文不值；当我们耗尽它时，回头再来看，一切才有了意义。"

不管年轻的梦想是否实现，不管你我走过怎样的人生轨迹，你在，我在，足矣。你好，我好，岁月安好。

第二辑　胜境走笔

白河印象

一江盈盈碧水自西向东逶迤而下，在秦头楚尾处优雅地转一个弯，似华尔兹舞划出的优美狐步，回首探望，倏地又调转回头，义无反顾地向前奔去……这个地方就是白河。

单看一个"河"字，便知这里水多。水是天地精华，是活力的象征。一个水多的地方，一定是钟灵毓秀、人杰地灵的地方，于是我莫名地心生好感，猜想生活在这里的人，必是男的英俊、女的貌美。

后来上中专，来自白河的同学果然如此，没有负了"白河"之名。男生英俊儒雅、仪表堂堂，女生肤如凝脂、貌美如花，一张嘴说话，声音婉转悠扬，悦耳动听。对于像我这样嗓音干涩的人，他们的声音听起来真是"说的比唱的好听"。

当时班上有一赵姓男生，皮肤白皙，唇红齿白，就连班上皮肤最好的一个石泉县康姓女生，也只能望其项背。康姓女生既羡慕又遗憾，惋惜自己咋没长得那么好看。于是，班上女生私下开玩笑，说要"超康赶赵"。当然，这么多年以来，再高档的护肤品也敌不过天生丽质，谁也没超过"康"，更没赶上"赵"。

第一次去白河，是中专毕业前的一个元旦，我和另一个女生去赵同学家。因为时间太久，很多事情我都已淡忘，唯独记得白河的山和那条名为桥儿沟的河街。桥儿沟的房屋层叠起伏、错落有致，街道逼仄、潮湿、破旧，一年四季见不到阳光。白河的山更是了得，似出鞘利剑，从江底拔地而起，直插云霄。

一别如斯，花开花落二十五载，再次走进桥儿沟，如同与久违的故友重逢，我满是激动、欣喜。眼前的桥儿沟已不是我记忆中的模样，古朴的青砖黛瓦，精雕的花窗木格，高耸的马头墙，檐下一溜儿大红灯笼，脚下的青石板台阶泛着油光，像是轻施粉黛的俊妇，十分妩媚。那爬满绿苔的井沿，不时闪现斑驳野草的石墙，依旧藏不住桥儿沟五百年的沧桑。刹那间，我似有一种穿越时空的恍惚感，仿佛置身于戴望舒笔下悠长、幽静的雨巷。

小巷曲折迂回，一眼望不到尽头，似巷内深不可测的老井，蕴藏着往事无数的秘密。透过红纱流泻的灯光柔和、朦胧，弥漫着神秘和浪漫。

漫步在这春风沉醉的夜晚，我卸下心灵所有重负，听潺潺流水缓缓诉说曾经的繁华和生活的艰辛。世事的纷繁，都市的喧嚣，全被小巷拒之身外，竟是如此，安逸闲适，有一种岁月静好、现世安稳的满足感。

沿路看去，家家户户门上的家训家规牌匾无声地彰显着白河深厚的人文底蕴。

如果说，夜晚的白河如同桥儿沟一般内敛、沉静，那么白天的白河就似怒放的山花一样开放、张扬。

此时的白河，人间三月正芳菲，万紫千红随处见。金黄的油菜花从山沟到山顶，铺天盖地，肆意挥洒。群力村的千亩果园更是养眼，吸引八方游客慕名游赏"云间桃花·水色白河"活动。不知是春的脚步太过轻柔缓慢，还是桃花太过矫情，只见点点花蕾撒在桃枝间，给人一种

"犹抱琵琶半遮面"的羞涩感。倒是梨花、李花最解风情，嫣然盛开在枝头，远远地看去，真是花在枝头开，树在山中栽，山在云中怀。那盛开的梨花、李花如天边飘浮的朵朵白云，热情地向游客频频点头致意。徜徉其中，我发现田间满是毛茸茸的白蒿、香喷喷的小蒜、鲜嫩嫩的荠荠菜、绿莹莹的蒲公英……满山鲜嫩的野菜，馋得人垂涎三尺。

最令人感叹的是天宝农业园区，昔日的荒山僻壤如今变成了聚宝盆。层层梯田如一件件工艺品，歇息在错落不一的石坎上和平整肥沃的土地上，除了金灿灿的油菜花，还有纯天然的绿色蔬菜、溢蕊吐芳的花卉果木。尤其是雨天或云雾天，建在山顶的多功能农庄似天庭的宫阙瑶台，神秘缥缈。

这片神奇的土地，养育了白河世世代代的先哲，那一排排书写着安康学院教学基地、白河中学"三苦精神"教育基地的小木牌，一尊尊美丽家园建设者的雕像，无不凝聚着白河人民的智慧和汗水。如今，白河正和着诗韵，阔步向前！

一路相携　行在早春

　　携一朵白云，乘一缕清风，置身在早春的暖阳里，默念时序节令，赴一场约。

　　春天仿佛还很遥远，枝头不见星点鹅黄，风却不似往日那般凛冽，带着丝丝暖意亲吻着面颊，抚摸着大地。夜的脚步明显放缓了许多，我带着一天的疲惫，伴着对未来的希冀，安然入梦。

　　睡意蒙眬中，我被窗外一声强似一声的"滴滴答答"声惊醒。"春风放胆来梳柳，夜雨瞒人去润花"，原来是春风伴着春雨不期而至，竟难得如此痛快。我能想象出田野层林里，干涸的大地和萎草枯木酣畅淋漓痛饮的情景，自己也仿佛置身在姹紫嫣红的花海里，徜徉在阳光明媚的春日里。

　　"好雨知时节，当春乃发生。"这真是一场难得的及时雨，"哗"的一下撕开了冬的包裹，拉开了春的序幕。天明放晴，天空一碧如洗，江面云雾缭绕，田野上新翻的泥土清香扑鼻而来，隐约可见远处若有若无的点点浅绿。我想，"天街小雨润如酥，草色遥看近却无"，说的就是眼前吧。

　　我与友人漫无目的地闲逛，一边走一边聊，身心轻松自在。突然，同伴指着疏林深处，惊喜地叫道："看，茶花！"我顺着友人所指的方向看去，只见三两枝茶花隐映在层林深处，羞羞答答地欲放还休，在早春干枯的枝头略显寂寥落寞，却格外引人注目。头顶不时有早莺掠过，弹奏着春的华章。也许是刚落新雨的缘故，路上行人极少，夕阳拖着我俩长长的身影，跫音在寂静的空谷回荡。

　　沿着曲折回环的幽径转过山头拐角，眼前突然一亮：一树树细雨点洒过的桃花，在夕阳明亮的光照下熠熠生辉，泛着晶莹的光芒，使这沉寂的山林焕发出勃勃生机。真是"山重水复疑无路，柳暗花明又一村"，我们不约而同地向前奔去……原来，春已粉面含笑，正向我们款款而来。我们穿梭在花影扶疏的桃林间，细赏那一簇簇妖娆多姿、妩媚含情的精灵在枝头摇曳。回眸间，你眉眼盈着笑意，在专注地选着角度拍照。我心头掠过一股暖流：你依然是我初见时的模样，一如这鲜艳盛开的花朵，是我心中最美的画景。这一刻犹如影视中的蒙太奇，穿越到千年前，应和欧阳修，同话梅尧臣：

　　　　把酒祝东风，且共从容。垂杨紫陌洛城东。总是当时携手处，游遍芳丛。
　　　　聚散苦匆匆，此恨无穷。今年花胜去年红。可惜明年花更好，知与谁同？

　　不必伤感，最美的日子不是永远不可预知的未来，而是实实在在的当下。人生路上，若有一个心意相通的人能陪你走一程，是件多么幸运和幸福的事啊！此时此刻，不就是我梦寐以求的愿景吗？与你一路相携、轻拥春色，把漂泊的灵魂栖息在有你相伴的季节里，心素如简，静如止水，安之若素。

　　我们一路相携，行走在早春的路上。抬眼望，夜色阑珊，一江两岸已是万家灯火。五彩缤纷的灯光倒映在江水中，明灭闪烁，如梦似幻，让人仿佛置身于童话仙境中。

最美人间四月天

　　时光绕过纤细的指尖，漫过春天的花海，不经意间流光把人抛却，红了樱桃，绿了芭蕉，皱了一池春水。

　　在季节的转角处，我不期与四月相遇，是无法躲避的缘。犹如朝花与晨露、清风与朗月、蓝天与白云的相遇，是上天最好的安排。此时，春欲远，夏未至，在欲远未至间，一切是那么美好。

　　四月的阳光极尽温润、明媚，没有冬日的孤冷，没有夏日的毒辣，温柔地轻抚着身上的每寸肌肤。全身的细胞被春唤醒，敞开禁锢一冬的胸怀，迎接春天的阳光，让其照亮心间，温暖胸膛。

　　"林花谢了春红，太匆匆。"一场暮春的清雨，洗去了早春的铅华和张扬，回归生命的本真模样：素朴、沉静。放眼世界，大地只剩一片深浅不一的油亮亮的绿，山间偶尔点缀着素淡洁白的槐花、七里香，在云中遥遥招手、频频点头，如春风随意勾勒的一幅极简山水素描。

　　"蝉噪林逾静，鸟鸣山更幽。"迎着初升的朝阳，从容地行于陌上，空气里弥漫着浓烈的青草味儿。欢快的鸟鸣划破天空，山林愈发幽静，静得能听见露珠滚动的韵律，麦苗拔节的声响，豌豆开怀的笑声……

四月的风最温柔、最多情，携着槐花、七里香的甜蜜味道拂过耳际，如年少时听过的情话，轻轻抚平心中的郁闷、烦恼，令人心醉。希望在春风中苏醒，萌动，生发。

心，如四月的流云，躺在蓝天的怀抱，自由自在，云卷云舒，尽情地撒着欢。沉闷一冬的心事，随四月的风飘向远方。燕子回归，已在梁间筑巢建屋，准备繁衍后代，开始平实的新生活。

"花褪残红青杏小。燕子飞时，绿水人家绕。枝上柳绵吹又少。天涯何处无芳草。"时光如水，还未来得及细细体会"天街小雨润如酥，草色遥看近却无""沾衣欲湿杏花雨，吹面不寒杨柳风"的曼妙，还未来得及欣赏"梨花淡白柳深青，柳絮飞时花满城"的景致，日子就在我们上下班的匆匆脚步中、在一摞摞的作业中、在准备一日三餐的厨房里、在凡尘俗事的迷茫彷徨中飞逝而过，那些关于桃花旧梦、杏花微雨的美好往事，永远定格在记忆深处。

"在花瓣开始凋零，果实还未结成的时候，也许有些寂寞。那就让我们安静地接受绿叶吧。枝叶扶疏中依然是盈目的生机，这也是生命中一个意味深长的境界。"此时，枝头没了往日的姹紫嫣红、繁花似锦，有些单调寂寞，万物却以前所未有的速度疯长。这是最富生机和活力的时节，草木从青葱走向繁茂，果实由花季走向成熟。透过绿叶中隐藏的一枚枚小小青果，似乎望见了曾经的繁华与峥嵘，也看见了未来的丰收和希冀。

花开是生命的开始，是一种美好的愿景；花落并不意味着生命的结束，它是一种涅槃，是生命的轮回和延续。花开花落犹如跌宕起伏的人生，每一朵花开就是一段故事的精彩开始，每一朵花落并不意味着一段故事的结束。每一枚果实的滋味，便是人生的况味。

田野间，油菜花海早已谢幕，变成了沉甸甸的果实。池塘边，一尾尾如墨的小蝌蚪在水里欢快地畅游。麦子如怀胎十月的孕妇，挺着鼓囊囊的肚子陆续抽穗分娩，没有丝毫的羞涩。

细数指间流逝的光阴，如一瓣瓣落花，虽留不住一世繁华，却沉淀为绕指沉香，安暖流年。

你是四月早天里的云烟，
黄昏吹着风的软，
星子在无意中闪，
细雨点洒在花前。
你是一树一树的花开，
是燕在梁间呢喃，
——你是爱，是暖，
是希望，你是人间的四月天！

万物最美的季节莫过于人间四月天，蓬勃向上，富有生机，充满希望，从幼稚迈向成熟，由播种走向收获。

早春双河口

　　早就听人说起过汉阴县双河口，于是心里便欣欣然、急切切地盼望着，有一天能目睹它的容颜。

　　在初春一个晴好的周末，我们几位好友相约一路，九曲回环翻山越岭，车子颠簸了五十分钟以后，终于抵达了心仪已久的双河口。

　　这座远离都市喧嚣的古镇刚刚修葺一新，堂舍一色的青砖黛瓦、朱门红窗，屋檐下仿古的大红宫灯盏盏辉灿。特别是错落有致的马头墙，把这座古镇装扮得古朴典雅。双河口因为楼房河、梨树河在此交汇而得名。如果说乌镇是聚焦在镁光灯下的名媛闺秀，那么双河口镇就是躲在秦巴深处的质朴女子，不浮不躁，不妖不媚，寂静寥落地依偎在秀山的怀抱。不管时光如何流转，岁月如何变迁，秀丽古镇都宠辱不惊，抱朴守拙。

　　镇子不大，不到一支烟的工夫，便可从头走到尾。街道并不宽敞，甚至有些逼仄、压抑，却拉近了街坊邻里的心。这里民风淳朴，老乡热情好客，若有人从门前路过，定会把他们招呼到屋里歇息。早春的暖阳从头顶泻落下来，使古镇暖意融融。有耄耋老人端坐在门外的藤椅上，一边悠闲自在地晒着太阳，一边"吧嗒吧嗒"吸吮着长长的旱烟，不时地和路过的乡亲拉两句家常、话几句农事，脚边一只懒洋洋的小花猫打着响亮的呼噜，几只小黄狗正在街上悠闲地转悠。

在这里，你可完全放缓平日急匆匆的脚步，尽管慢些、慢些、再慢些，真真切切地过一把慢生活的瘾。暂且让浮躁的心静下来，做一个悠闲的旅人，细细体会小镇的变迁与沧桑。驻足侧耳，那半开半掩、雕着花格的门窗，正在向你诉说久远的故事，细数当年马帮驮着山货打此经过时的繁华与辉煌，那由近而远渐渐逝去的铜铃声似乎还在古镇上空婉转回旋，在耳旁低低缭绕……

和其他村庄一样，这座小镇里的年轻人大都出门闯世界，尽览外面的精彩，只有老人和小孩看门护院，留守家园。也许是旅游淡季的缘故，只有三五外来的游人拿着相机在青石板铺就的小巷里穿梭、寻觅。

小镇依偎在大山的怀抱，傍水而居。两条小河，一条自西向东，一条由北而南，在小镇的最西端交汇，然后绕着小镇的东面一路向南逶迤而去。有关小镇的多少流年往事、几许飘摇浮沉，都随着这条亮闪闪的河流消逝，唯有年轮沉淀下来，成就小镇今日的厚重与沧桑。

隔河凝望，对岸的田野生机盎然，油菜花含苞吐蕊，桃李灼灼其华。春风吹拂，绿点山原，催开了开年农事，农人正在给桑树松土施肥，牛儿辛勤翻土耕地，游蜂戏蝶翩翩起舞，岸柳陌杨疏影横斜。凭附清浅的河流，我仿佛听到山桃开花、麦苗拔节时"噢噢"的声响……

穿过小镇，伫立在古老的青石桥上，思小镇不朽春秋，听小河静默流淌，赏河岸花木舞动，感慨山川不老，岁月持衡，生命伟大。默念间，忽见久违的炊烟在小镇上空袅袅升起，点燃了我心中渐失的恋世执念。红尘烟火中的小镇温润质朴、安静宜人，如果可能的话，就让我在此修篱种菊、摇弄扁舟、抚琴修书，见证小镇的风雨春秋。不因别的，只缘你是我心中向往已久的那片桃花源啊！

烟雨梦江南

当夏日的暖风由南向北拂过,绚烂的夏花次第绽放,在陌上摇曳生姿、千娇百媚,蛰伏的心事被唤醒,肆意疯长。于是,我收拾行囊,精心装扮一番,去江南古镇赴一场千年之约。

当我真切地踏进江南古镇时,心里不由得一阵轻轻战栗:你是掩藏在词海里的一阙婉约、清丽的宋词,在喧嚣的尘世中兀自沉静、芬芳;你是躲在岁月深处的迟暮美人,慵懒、优雅中透着淡淡的哀愁;你更是一卷百看不厌的水墨丹青,墨色染不尽你的旖旎芳华。

我撑着一把油纸伞,独自漫步在狭窄的小巷中,透过这一川江南烟雨,看小桥流水的万种风情,赏杨柳岸的晓风残月,更喜清荷满池,看莲恣意欢颜。好想,着一袭华美的旗袍,尽显妖娆,醉卧兰舟。这细密绵长的雨丝,落在荷上,湿在心上,总有一种淡淡的落寞与惆怅萦绕心间,挥之不去。于是,我远在烟雨迷蒙的江南,放纵自己的情感,任思绪如蝶一般在雨幕里翩跹……

佛说,前世五百次的回眸,才能换来今生的一次擦肩而过。我们前世究竟有多少次深情回眸，才换来今生的相遇相知相惜？如若默默地陪伴，可以温柔一段岁月，那么无须言语，便可懂得对彼此的珍惜。

那曾经疗过心伤的黄药棉，早已与血肉相连，根植于心。不再去问，究竟是命中无法释怀的缘，还是躲不过的劫，只因相遇已倾尽千年。

是你，让我多年来漂泊无依的灵魂靠了岸，凌乱的脚步从此变得从容，黯然的眼波从此有了光彩。有你，每个日子都弥漫着花香，每段时光都是梦的天堂。为你，愿做个低眉颔首的沉静女子，安然守在岁月深处，把与你相遇的点点滴滴，把你我经历的所有故事，在笔下滴墨盛开，绽放成一朵朵文字之花，在心间临风摇曳……

若可以，许下你我余生，觅一隅遗落在江南深处的简朴村舍，端坐小轩窗前，梳妆画眉。待春天看陌上杨柳，青色染阶；冬日携手访友，踏雪寻梅；晴日，看云卷云舒，去留无意；雨夜，听雨敲幽窗，读书品茶。亦可研墨落笔，书一阕地久天长，直到鬓发染雪，皱纹满颊。

仓央嘉措说："第一最好不相见，如此便可不相恋；第二最好不相知，如此便可不相思。"如若没有那次遇见，是不是落笔处不再沉重哀婉，也不会让一颗安适的心在午夜里千回百转？

如今，独自走过十里长堤，雷峰塔下流传千年的爱情故事还在耳边传诵。再回首，断桥处，早已风住尘香花已尽，已是往日旧时光。

我轻捻心香，默诵经文，在时光轮回的渡口，以莲的姿态站立，不言不语，不惊不扰。

汉江夜色浓

当夕阳拖着丝丝倦意隐匿在西山背后，天边只剩下五彩霞光，整个城市的节奏缓慢了下来。街道似乎一下子宽敞了许多，少了步履匆匆的行人，车辆不再拥挤堵塞，慢下来的城市在夕阳中多了几分妩媚迷人。

吃罢晚饭，人们换上清凉舒适的衣衫，褪去上班时的庄重严谨，纷纷走出家门，踱着悠闲的步伐，三三两两走向了汉江边。

是曾拯救过银河系吗？老祖宗不但给了我们最好的祝福——安康，上天还如此眷顾我们，让一江清水绕家门而过。它虽无长江的波澜壮阔，也无黄河的磅礴气势，却是最适宜五谷生长和人体健康的水。更值得一提的是，安康境内的水质富含微量元素——硒。"沧浪之水清兮，可以濯我缨；沧浪之水浊兮，可以濯我足。"我最喜欢的还是养育我的母亲河——汉江。

此时的汉江，像沉静温婉的女子，轻柔宽厚。江水深浅不一，浅处清澈见底，深处碧绿如洗。浣衣女子是汉江边一道动人的风景线，她们提桶携篓，散落在一江两岸。一对对水鸭在江水里大秀恩爱，成群的白鹭或在江心露出的沙洲上栖息，或斜着身子从水面轻轻掠过。汉江水从未因眼前的热闹繁华而驻足停留，不改初心也不变目标，坚定地向东奔去。这里更是一个天然的大浴场，男男女女、老老少少不管水性好坏（水性好的在江心游，不会水的套个游泳圈在江边），都在这里消暑，搅翻了江面。

岸上的汉江公园绿树成荫，高大的乔木，低矮的灌木，柔软的碧草，层层叠叠，错落有致。俯首看花坛，有红的、粉的、黄的，不知名的小花在绿叶映衬下更加鲜艳。抬头仰望，小巧的紫荆花挨挨挤挤，一串串挂在枝头，向行人频频点头。

暮色四合，纳凉的人愈发多起来。年轻夫妻领着孩子，或推着婴儿车，小孩子一双大眼滴溜溜转，四顾不暇；老爷爷气定神闲，踱着方步，与老友边走边聊，聊逝去的峥嵘岁月，聊当下的国际形势；陌生人之间熟悉最快的当数老奶奶，她们很快就无话不谈，聊得最多的自然是家长里短、儿女子孙。狗儿撒着欢，见到同伴，若是异性，定会摇尾献媚；若是同性，必将过几招比试一下，主人不呵斥阻止，断不肯罢休。其实，除了个别有实力的狗儿，大部分不过是仗着主人在，虚张声势罢了。还有唱汉调二黄、花鼓子的，敲锣打鼓的，练摊儿的，习大字的，随处可见。

城市中从来不缺广场舞大妈，有人的地方就有广场舞。队伍规模从来不是由人决定，而是由场地来决定，场地有多大，广场舞的规模就有多大。大妈即使年龄再大，一身红白或蓝白搭配的运动装，便使人倍显年轻。水西门那儿，一群跳拉丁舞的"黑天鹅"翩跹起舞，陶醉在舒缓曼妙的音乐中，过往行人忍不住驻足观赏。

华灯初上，璀璨的霓虹灯灿若星河，点缀着城市的繁华。安康人引以为傲的汉江三桥、四桥流光溢彩，不停地变换着色彩，远远看去似坠落凡间的彩虹。灯光投射在江水中，随着粼粼水波轻漾，扑朔迷离，如梦似幻。沿江一排垂柳，在昏黄路灯的笼罩下，有一种诱人的魅惑。夜风轻拂，垂柳低眉，略带忧伤，似伊人思念远方的故人。

夜渐渐深了，汉江边趋于宁静，只有少数贪玩的少男少女和情意正浓的情侣还在闲逛。细听，有蟋蟀弹琴、蝉儿轻唱，汉江水发出"哗啵哗啵"的声响，似婴儿在睡梦中的吃语。日间所有的劳顿、夏日的暑气都随着汉江水悄悄流逝，整座城市在汉江无字歌谣中沉沉睡去。

一半烟火　一半诗意

清早，我被窗外欢快的鸟儿叫醒，正在洗漱时，同学打来电话邀我去野炊，说山里冷，让我带件厚衣服。我一听心情大好，愉快地答应。

美好的一天从清晨开始。大家分头行动，选派几名做事利索的同学去采购，一拨人买油盐酱醋，一拨人买水果和蔬菜。大约 10 点，我们一行 13 人，分别坐三辆车愉快地向目的地奔去。

十天高速公路像一条黑色的巨蟒在大巴山中盘旋，清澈的月河奋力地将秦岭和巴山向后推开，腾出一片平坦肥沃的空地，然后一路唱着笑着调皮地向前跑去。一黑一白，一静一动，公路与月河时而紧紧相依，时而倏地远离，那样和谐自然，相得益彰。

这天刚过小满，又恰逢阴天，既没盛夏炎阳的炙烤，也无春天的乍暖还寒，特别舒适。

农历四月，月河川道黄绿相间，黄的是成熟的麦子、收割了的油菜地，绿的是长势正旺的玉米、蔬菜和树木。"乡村四月闲人少，才了蚕桑又插田。"田里农民忙得热火朝天，有的割麦子，有的打油菜，有的插秧，一派繁忙的景象。油菜性子有点急，老得快，农民早将田里的油菜收割，趁着老天爷心情好，赶紧晾晒翻打，争取颗粒归仓。麦子说黄就黄，早上还有点绿，中午就黄了，稍晚一会儿就可能老在地里。更怕老天爷翻脸，来一阵暴雨、雷阵雨，一季的辛苦就会付诸东流，难怪人们说是"虎口夺粮"。空出的田要赶紧放水，套牛耕犁，请人插秧。人们忙得脚不沾地，布谷鸟不停地催促："快黄快割！快黄快割！"此时只恨不能生出三头六臂来。

没多久，车就下了高速驶向恒紫路，向凤凰山山顶爬去。车随着公路绕啊绕，绕上山顶；心随风儿飘啊飘，飘到云端。透过明净的车窗，我欣赏着外面移动的巨幅风景画。凤凰山树木繁多，葱茏成荫，枝叶重重叠叠，堆积成幔。在路边一处开阔地，车子戛然而止，我们的目的地到了。

下了车，凉风袭人似是初春，大家都急忙把携带的厚衣服穿上。陈同学是一个会生活的人，工作起来却是拼命三郎，可以一天一餐连轴转。若有闲暇，他定是想着法子让生活充满情趣，要么身体在路上，要么让俗之又俗、烟火气十足的生活带上诗意。这次他带了小巧有趣的炉子、轻便别致的桌椅、高端大气的帐篷……这些户外用具一应俱全，真是高品质的生活啊！

我们分成三大组，男士铺摆桌凳、帐篷、灶具，厨艺高超的美食专家唐总亲自掌勺，其他女同学借用附近老乡的水、盆，给唐总打下手。当然，我们不会白占老乡的便宜，给了老乡100元钱作为水费。我因为身体不适，美女同学没让我干活，只让我负责拍照、写文章。

看着这些美女平常在职场上和男士一样打拼，回家再面对琐碎的家务，不一定都是喜悦的心情。但此刻，换一个环境，同样的事情却有了非凡的意义，平日烟火气十足的一日三餐立马充满了诗意，有了情趣。你看她们有说有笑，瓜果蔬菜、锅碗瓢盆在她们灵巧的双手下变得干净、整洁、光亮。做饭产生的垃圾，她们都用塑料袋装好，扔到老乡家的垃圾堆。

蝴蝶、蜜蜂闻香而动，在我们周围翩翩起舞。一只蝴蝶大约把香蕉误认作花朵歇在上面，我在旁边不敢轻举妄动，生怕惊扰了它的美梦，打破眼前这幅和谐温馨的画面。后来我还是没忍住，偷偷地抓拍下它的倩影。

山里的小猫小狗和人一样淳朴，没有"狗仗人势"对我们这些不速之客狂吠乱叫，而是远远地、不声不响地、眼巴巴地看着我们的美食。我拿了一块肉向它们示意，然后一分为二，放在一处干净的草坪上，一只小黄狗和全身雪白的小猫立刻欢快地跑过来，津津有味地享受着难得的美味。吃完了，它们还不忘看我一眼，眼里毫不掩饰地流露出友好、满足，还有期待的目光。

人多力量大，不大一会儿工夫，一切准备工作就绪，我们开始进行野外操作。食材非常丰富，鸡鸭鱼肉、时令鲜蔬都有，丰富的食材让巧妇唐总大显身手，几位男士则轮番上阵给大家做烧烤。露天做的饭菜有一种天然的野趣，我们吃得十分开心，小猫小狗也吃得十分尽兴。

吃罢饭，我们或三三两两结伴在山中散步赏景，或喝茶聊天，或打牌娱乐，亦俗亦雅，各选所爱。

直到暮色四合，我们才收拾桌椅餐具，打扫干净场地，意犹未尽地踏上归程。

一日三餐，柴米油盐酱醋茶，谁也无法免俗。时间长了，眼睛会被烟熏火燎，看不清外面的世界。若让生活每天都富有诗意，未免太矫情，显得有些虚假。就这样，一半烟火，一半诗意，很好！

梦遗水乡

　　四月未央，江南已是春意阑珊，一场轰轰烈烈的盛大花事在不经意间匆匆落幕。我不顾连日的疲劳奔波，抓着春的尾巴，带着不变的初心，敲开光阴的门楣，与你相遇。

　　记不清第一次是在哪部影视作品里初见平江河的景致，只知从此你便成了我魂牵梦萦的牵挂。犹如我们曾经遇到的某些人，只需一眼便会深深地融入生命中，挥之不去。恍如梦境，多少个雨敲幽窗的黄昏，月洒满室的午夜，反复温习过的"水陆并行，河街相邻"的平江路，就这样突兀地横陈在我的眼前。

　　都说虎丘塔是苏州城的标志，我认为平江路才是苏州城的代表，眼前的平江路远比影视剧中所见的还要鲜活灵动。一条幽静的小河从古朴雅致的古宅街巷中穿过，房屋依河而建，有的甚至从河底拔地而起。这些枕着河流的古老建筑，犹如江南水乡的女子，在水的润泽下更加婉约灵巧。粉墙黛瓦，木雕花窗，还有那被风雨剥蚀的墙壁斑斑驳驳，如巨幅的丹青写意。墙壁上四处攀爬的藤萝蔓草，将古老的花格木窗遮掩深藏。那或开或掩的花窗，不知掩藏了经年往事里多少平仄难服的故事啊！透过那一蓬蓬藤蔓，我努力寻找着，不知那风情万种的赛金花可否会在不经意间，从某扇窗后探出头来？有风轻拂，藤蔓随风摇曳，神采飞扬。平江河两岸，茂林修竹，断桥烟柳，几株素花点缀在粉墙黛瓦之间。偶有一两棵垂柳斜斜地倚在河面上，慵懒闲适，轻拂凌波。有戴着斗笠、着青花布衣的渔家女，摇着一叶乌篷船，沿平江河迤逦而去。

约三五知己，也可独自一人，坐在临窗面水或掩映在花藤架下的精致茶楼里，品一盏明前香茗，任思绪翻飞，或者什么都不去想，该是多么惬意的享受啊！最引人注目的是两株红白蔷薇，顺着长长的青藤爬满了院落。蔷薇开得正茂盛，白的似雪，红的如霞，相互映衬，在明亮的阳光下千娇百媚。不知栽植这两株蔷薇的人儿多么善解风情，那繁茂的花朵下是否有她细细密密的心事？恍然间，那些白的红的蔷薇，赫然幻化成一朵硕大的白玫瑰和一粒醒目的朱砂痣悬在那里。

幽静的河道与白墙青瓦的房屋、小桥、花木形成一幅长长的画卷，与一巷之隔的车水马龙的观前街俨然是两个世界。在这里，没有车辆的喧嚣声，更多的是像我一样，拿着相机不断拍摄的外来寻梦者。徜徉其间，嗅着浓浓的书香，以期能寻着往昔满腹锦绣的贺铸、范仲淹遗落的踪迹，沾染他们身上一点儿淡淡的墨香。

"君到姑苏见，人家尽枕河。古宫闲地少，水巷小桥多。夜市卖菱藕，春船载绮罗。"虽是旧街、旧景、旧物，但当年的繁华未曾减少半分。街边商铺林立，游客们就着吴侬软语，津津有味地品尝着极具江南特色的桂花糕、海棠糕、酒酿圆子、竹筒糍粑……这些美食，让人看着就心生欢喜，甜到心里，沉醉其中。

我更钟情于旗袍，那精巧雅致的盘扣，绾起了多少女人风情万种的妖娆。我在一间又一间店铺之间流连穿梭，细细地欣赏这些华服，不时地用手轻抚摩挲，感受江南丝绸的华贵质感。

此时，春尚未走远，夏正在来的路上，一切都是那么美好。特别是在这充满诗情画意、容易惹人滋生情愫的江南，更是适合身着旗袍、处在恋爱中的女子和怀旧的人。我独自坐在河岸的石凳上，听着咿咿呀呀的昆曲，它似一张发黄的旧唱片，低低地诉说着流年的繁华与忧伤。看着相爱的男女十指紧扣，在眼前晃啊，晃啊……突然，我想到了《花样年华》里的张曼玉，不知为何我总是固执地认为，这段故事更应发生在苏州河畔。于是，穿过岁月深处，我依稀看见张曼玉着一袭华美的旗袍，绛点朱唇，眼波流转，顾盼生辉，一步三叹，款款而来。华服与丽人，相得益彰，彼此辉映。就在我倍感惊艳之余，佳人折身翩然消失在小巷尽头。

不知何时，太阳隐在云后，天空飘起了细雨，真是善解风情的雨啊！没有见着烟雨朦胧的江南，我是一定会心生遗憾的。瞧，雨丝像是害怕惊扰了这古镇的清梦，轻轻地、柔柔地……渐渐地，雨越下越大，打在青石板路上，落在瓦棱上，滴在河面上……一切氤氲在黛青色的烟雨中，似一幅水墨丹青。回眸间，似有丁香般结着淡淡哀愁的姑娘，撑着油纸伞从古老的青石小巷走过。

我嘴角轻扬，眉眼含笑。不羡富贵花间露，不慕微雨燕双飞，只喜此时我能与你重逢，让我的心灵抵达你的世界，独享这静默美好时光。

人间仙境天书峡

盛夏的一个周末，艳阳高照，酷暑难耐，我和好友相约驱车前往平利县天书峡游玩。

刚入谷口，一座造型奇特的巨大石门跃入眼帘，矗立在前方不远处，上面雕刻着三个龙飞凤舞的遒劲大字：天书峡。

走进石门，只见一潭池水似一颗碧绿的翡翠镶嵌在层层叠叠的林海之间，那样安详、典雅、静然，这就是有名的天池。"瑶池仙境绝世殊，王母巡界览天书。洗浴梳理划玉镜，琼浆天露积成湖。"正在我惊叹之余，工作人员招呼我们上一辆中巴游车。原来，我们要从天书峡谷的下游往上游览。

峡谷长约 12 千米。据说，天书峡原属自然封闭、相对原始的无人居住区，当地人俗称"黑老扒"，一般无人敢随意进入。2008 年，平利县委、县政府正式启动开发天书峡。2009 年，天书峡景区开发项目被列入全省重点生态旅游精品项目。

一路上，重峦叠嶂，山势回环，路随峰绕。游人可与 200 多种国家一、二类珍稀动植物和 100 多种名贵药材不期而遇，故而这里被誉为"中国西北最大的生物基因库主体"。游车在连绵起伏的空谷中穿梭一二十分钟光景，便在一通幽曲径处停了下来。

游人鱼贯而下，一阵清风拂面而来，顿感神清气爽，酷热全消。还未来得及抬眼观望，四周清脆婉转的百鸟啾鸣声便充斥双耳，像是在召开一场热热闹闹的音乐盛会。我闭上双眼，静静地聆听这大自然赐予的天籁之音。这时，同行的一位年轻女子大声叫道："哇，空气好清新啊！刚在车上，头还晕晕乎乎、沉甸甸的，现在一下子轻松了许多。"可不是，这是一个天然大氧吧，吸吮着清新的气息，感觉骨子里都弥漫着淡淡的幽香。这上天赐予的人间仙境，真是一处未被污染的人间胜地！

睁开陶醉的双眼，我环顾四周，两岸青山高耸对峙，裸露的鱼鳞般的断层岩石像一卷厚重的历史巨著，静静地躺在岁月深处，默默地诉说着曾经的沧桑，任凭游人随意浏览、想象、解读。传说八仙在巴山修炼时，汇集天上奇书万卷，阅尽人间世俗万象，修成正果后欲云游四海，便让这些天书化为奇石，堆放在山谷中。这里的岩石呈垂直节理、千层叠合，像偌大书架上一层层、一叠叠的无字天书，隐藏着无法破译的天机，故此地名"天书峡"。

山原秀木郁郁葱葱、遮天蔽日，艳阳穿过密叶间隙筛下斑驳陆离的光点，随着微风闪烁，在灰青石径上跳跃着欢快的舞蹈。一时间，我们如同穿上一身明艳斑斓的迷彩服，和这阳光、绿叶融为一体。

"三秦皆炎热，清凉唯化龙。"沿着依山而建的迂回曲折的长廊逆流而上，我们不但没感到丝毫酷热，还感到深深的凉意。由于植被丰润，龙洞河的水清澈见底，小鱼、小虾、水草、沙砾一览无余，中有怪石嶙峋，巧夺天工，山色云影，清晰可见。"沧浪之水清兮，可以濯我缨；沧浪之水浊兮，可以濯我足。"我想说："龙洞河之水清兮，可以养我目；龙洞河之水冽兮，可以沁我心。"看着清幽的河水，我忍不住掬一捧细品，果然如饮甘露，甜彻心底。由于河床落差较大，这条穿过化龙山的龙洞河，既有大山汉子的粗犷，又有深山闺秀的恬静，千姿百态的溪潭随处可见。河床平缓时，河水温顺娴静；河床陡峭时，河水欢快活泼；若有巨石阻拦，河水绕过巨石从两侧激流而下，腾起的水花、溅起的水珠如散落的珍珠一般明亮耀眼，声音如鸣佩环，时时变换。最令人惊喜的是，那一幕幕大大小小的瀑布从山峰一泻而下，飞湍喧豗，砯崖如雷，落涧之后立马变得温顺起来。瀑流两侧盛开着姹紫嫣红的小野花，把绿水青山打扮得分外妖娆。泉溪漫过乱石，欢快地流动着，若是在青月流光下，定会是"明月松间照，清泉石上流"的别样景致。不知过了多久，有人发出惊呼："快看，好大的瀑布！"果然，前方有一条几百米的白练凌空而挂，飞花溅玉。那气势，如千军万马，浩浩荡荡；那声音，如滚雷狂掠，震耳欲聋。阳光照在上面，呈现出一条条放射状的彩虹，甚是雄伟壮观。李太白眼中"飞流直下三千尺，疑是银河落九天"的飞瀑壮景也不过如此吧！友人的女儿对如画景致无比新奇，一路欢呼雀跃，不时地问长问短。其他游人选择各自喜爱的胜景，摆着各种 Pose 拍照，把美好的瞬间留住。

我们一路说着、笑着、拍着、赏着，尽情地享受这美好的时光。"山光悦鸟性，潭影空人心。"平日的浮躁、烦闷似乎都被这清澈的河水冲洗，心灵唯有沉静平和。

"山得水而活，水得山而媚。"当我们带着满足和不舍离开这里时，我还在想当地友人的话：化龙山和龙洞河是天生一对、地配一双，山成就了水的灵性，水赋予了山的秀美，天书峡才如此秀美迷人吧！

又见江南何田田

"江南可采莲，莲叶何田田，鱼戏莲叶间。鱼戏莲叶东，鱼戏莲叶西，鱼戏莲叶南，鱼戏莲叶北。"我初读这首汉乐府诗是在初中时，当时觉得这首诗特别浅显直白，甚至有些啰唆，完全没有古典诗歌那种含蓄优美、意境深远、余音绕梁、回味无穷的感觉，但简单的诗句和强烈的画面感却深深地印在我的脑海里了。因为最初的草率定义，以致后来几十年再欣赏古典诗词时，我都跳过了这一首。

我校创建"诗词校园"之际，搜集了一些由古典诗词改编而成的歌曲，每天早晨下操或者举行大型活动时，广播都会播放《春晓》《锄禾》《鹅》这些欢快简洁的歌曲，歌词耳熟能详，深得学生喜爱。学生们常常会跟着广播一起放声高歌，我在心里一边悄悄地哼唱，一边感慨中国古典诗词真是优美神奇，不愧是文化艺术宝库中的一朵奇葩。

其中一首旋律更明快、更好听，反反复复那么几句，但就是听不清歌词。我特意问了几个人，才知是我早已熟悉的这首汉乐府诗。此时再听，感受完全不同，不再觉得直白啰唆，而是羡慕鱼儿恣意欢快、随心所往的自由，以及美好的劳动场面。

这首诗的每一个字，像是技艺绝佳的琴师所奏，只要音乐响起，心弦就会被优美的旋律轻轻拨动，思绪如明月下清风拂过莲叶吹皱的荷塘，轻轻泛着涟漪。这些诗句又像生着翅膀的天使，瞬间抚平心里所有的愁闷、沮丧，让人沉醉其中，觉得生活多么美好，充满无限的希望和勇气。这时，我一定是面带微笑，双眼迷离神往，心随着美妙的旋律飞向千里之外的江南。

那一望无际的荷叶挤挤挨挨、硕大如盖；那玉洁冰清、亭亭玉立的荷花，如情窦初开的婷婷少女，泛着羞涩的红颜，娇羞地躲在碧绿的荷叶下，偶尔调皮地探出头，笑意盈盈，好奇地张望。荷叶下，鱼儿无拘无束，欢快戏耍。身着青花布衣、头戴斗笠、娇俏温婉的江南女子，撑着小舟穿梭其间，一边采莲，一边渔歌互答，此起彼伏的笑声回荡在荷塘上空……多么秀丽美妙的江南风光，多么令人神往的画卷啊！每每这时，我就痴想自己要是其中一条鱼儿该多好，畅游在绿叶红花碧水间，没有忧伤的过去，没有迷茫的未来，只有快乐的当下；或者是那快乐无忧、窈窕俏皮的采莲女，在丽日下感受丰收的喜悦；当然，如果能做那"濯而不妖""可远观而不可亵玩焉"的清荷，滤去三千红尘的烦恼更好。

因为喜欢，所以愿意深入了解。原来，这不仅仅是一首反映江南采莲时劳动场面的诗歌，也是一首描写青年男女相互爱恋的爱情诗。现在回想起来，自己是多么幼稚可笑，典型的不懂装懂，口出狂言。这首诗不是浅显直白，而是委婉含蓄。整篇诗歌寥寥数语，未见一人一影，却展现了热烈的劳动场面；未见一言一语，却表达了青年男女甜蜜的爱情。能在劳动中表达的情话，一定如此诗一样，含蓄高雅，不媚俗，不低俗。曾经以为啰唆的那几句，正是采用了比兴的手法，表达了互有好感的青年男女追逐爱情时的无比幸福感，文情恣意，情韵浓郁。现代改编的歌曲对这几句更是复沓回环反复吟唱，尽情歌颂丰收的喜悦和美好的爱情。

江南本易生闲情，江南本易生相思。一场微雨，会使人愁肠百结，泪眼婆娑。一场花事，会让人相思满地，愁绪难消。江南更出才子，江南更出佳人，才子佳人"一生一代一双人"，天地绝配。这首诗的风格一改江南婉约缠绵、铺陈奢华之风，变得明朗欢快，给人带来积极向上的愉悦感。因了这些流传千年的诗歌，本来秀美的江南又添了浪漫和诱惑，让人怎能不爱江南？

经典不愧为经典，愈是了解，愈加喜欢。再诵读或再听这首诗，有种如闻其声、如见其人、如临其境之感，似乎又见江南何田田。

秋到桃花溪

"隐隐飞桥隔野烟，石矶西畔问渔船。桃花尽日随流水，洞在清溪何处边？"眼前的桃花溪，虽无野烟渔船，也非暮春时节，十里桃花如云如霞，若遇春风轻点，两岸落英缤纷，溪水流霞的醉人画面，自有一番别样的美。

前行，不必像陶潜，处处以记之，因为不会迷而不复得路。自西而东，经过女娲广场，绕过古仙湖，当眼波还在窗外不断变换的美景中留恋、搜寻时，车子戛然而止。抬头，几座高低不一、线条流畅、雕着黑白格子图案的高大装饰墙矗立在公路南边的山脚下，最高的一座上面是贾平凹题写的"桃花溪"三个大字，白底红字，分外醒目。

说到桃花溪，这里有一段凄美的爱情故事。相传故事发生在宋元年间，柳生为护一方百姓安宁，挺身而出力斗邪恶，桃花克难追寻，感动天地，二人逢凶化吉。有仙官传旨：桃花柳生，凡姻仙缘，天作之合。王母恩准并授桃花为桃花仙子，执管瓮溪泉水，其为蟠桃寿宴琼浆之酿；柳生为种桃仙官，护育八百年才成熟一次的蟠桃，其为寿果之冠。王母还在花前月下赐予"凤巢""凰巢",让他们相伴永远。从此,两个人隐居山林,形影不离,育桃护泉。由此,人们将此地唤出了"桃花溪"的芳名。

一车30多位书友,看见"桃花溪"三个字,瞬间像炸开了锅。下了车,三五成群直奔对面而去。因为书友庭德行走较慢,我和另一书友留下来照顾,这使得我能静下心来细赏曼妙的风光。

印象中,似乎所有美景犹如古典美人,都有一种千呼万唤始出来、犹抱琵琶半遮面的矜持感。随着时代变迁,所有美女如今都从深宅大院走到社会打拼。桃花溪也一样,不矫情也不掩饰,就在川流不息、人来车往的公路边欢快流淌,尽情展示自己的美好。

无须亲近,便可见溪水从层叠错落的几个数米高的拦河大坝上飞奔而下,形成宽大的瀑布。瀑布虽宽几十米,却没有气贯长虹的磅礴气势,它和陕南的山水、陕南的女子一样,婉约清秀。溪水漫过坝沿,被犬牙交错的青石撕裂得如丝如缕,飞花溅玉如万斛珍珠倾洒而下,闪着晶莹的光芒,青色巨石便在轻薄的珠帘下若隐若现。溪水汇集在坝下,形成一汪深不见底的清泉。一时间,水流声、游人喧嚷声、车流声交织在一起。

再往前走,穿过检票口,进入桃花溪景区,眼前忽然一亮:一潭如茵湖泊被两座山紧紧拥入怀中,一排曲折蜿蜒的竹筏浮在湖心,人行其上,似从湖上飘过。因谷太狭,两岸青山显得更加巍峨险峻。湖水清净,青山绿树的倒影静卧湖底,显得更绿更幽,让人疑是女娲冶炼五彩石时,不小心从钿钗上遗落的翡翠。

溪谷不长,约3000米。溪水随山就势而流,朱色栈道绕水而建、缘溪而上,溪流曲折迂回。溪水清澈甘洌,鱼翔浅底,溪中怪石嶙峋,山色云影清晰可见。溪水绕石跳跃,翻起朵朵洁白无瑕的浪花,如高山上盛开的雪莲,忽而又调皮地向前跑去,洒下一路欢歌笑语。

两岸群山起伏，林海茫茫，古木苍翠，遮天蔽日，宛若绿色屏障。其间奇花异草遍布、藤蔓丛生，似绵延不绝的织锦，绚烂耀眼。越往里走，植被越丰茂，环境越幽静，涧水鸟鸣，素花点点，飞瀑林泉，比比皆是。可谓一步一景，步步丹青。溪水两边，时有虬枝慵懒斜倚，临水照花，道不完的万种风情。正为没见到桃林盛开的美景而心生遗憾，眼前突然出现的大片格桑花、鸢尾花给我带来了惊喜。或许是我衣服艳丽的缘故，一白一黑两只蝴蝶围着我翩翩起舞，随我飞了很远。

　　最奇的是两棵（书友研究半天，说或许是一棵）不知名的树，特别粗壮，大约从高出地面10厘米处便明显地交织在一起，直到上面才依依不舍地分开。我更愿相信这是两棵至死不渝相爱着的树，是柳生和桃花的化身。

　　听说前面有一段无路可走，需要手脚并用从山崖边爬过去，我们三个人就停了下来。这时，一群花枝招展的旗袍女走了进来，成了峡谷里最亮丽的风景。枫柳下的长凳上，一位父亲与儿子贴心地坐在一起，散淡的光阴便有了温暖，定格为峡谷里最温馨的画面。

　　其实，看风景，更看的是心情。心情好，即使荒漠，也是美景；心情不好，再美的景色，也是荒芜。这次虽未游完桃花溪，没有见到桃花溪头，但我体会了人间的另一种美——爱。

　　当我离开桃花溪时，忍不住频频回首，深情注目：若不是女娲补天剩余的五彩石遗落于此，怎会让女娲故里占尽所有风情？陶公若知此地，还会选择他乡吗？

邂逅蜀河

　　浅秋的风带着夏的温热，轻轻掀开八月的面纱，满目的翠绿与嫣红相互交织，带着几许期待、几许忐忑，依江而下，与蜀河邂逅。

　　有一种感情叫一见钟情，也有一种感情叫日久生情。我于蜀河是初见，蜀河于我是久别重逢。多少次，从他人口中听过蜀河的传奇故事；多少回，梦里走进蜀河一睹它的芳容。我与蜀河，既有初见的一见钟情，又有久处的日久生情。

　　蜀河古镇很美，比我想象中多了几分妩媚灵动：既有灰墙黛瓦、木格花窗和翼角重叠、错落有致、高高扬起马头墙的徽派建筑，又有精雕细琢、气势恢宏、庭院深深的南派宫廷建筑。墙连着墙，瓦挨着瓦，一院挽着一院，随山就势，靠山而建，从汉江边逶迤爬上了半山腰。

　　蜀河古镇纵横交错，或笔直简约，一眼望到尽头；或曲折迂回，曲径通幽。古色古香的大红灯笼从檐下一顺儿摆开，恍若一脚错踏在千年前的烟柳小巷，与南来北往的贩夫走卒的脚步重叠。

　　小巷很窄，远远看去，对面的房檐给人一种被覆盖的错觉，似乎一抬头，一不小心鼻尖就会碰到对面的墙壁上。柔和的阳光硬是从缝隙间挤下来，铺在整洁的青石板上，像一块素净白布，各种图案投射在上面，闪动跳跃，像极了传统蜡染布，和着头顶的蓝天白云，泛着古朴清幽的味道。

深水不流，人稳不语。蜀河，是遗落在汉江边的一颗明珠，拂去岁月的尘埃，璀璨夺目；蜀河，是遗世千年的美酒，不增不减，愈久弥香。浅秋的风，悠悠地穿过纵横交错的小巷，让千年古镇远离喧嚣，远离酷热，也拂去心头的浮躁焦虑。

在这里，不必紧追慢赶、步履匆匆，也不必去想纷繁的人情世故，一切删繁就简，尽可让时光慢下来。我悠闲地踱着方步，渴盼的目光在古镇千年历史长河中顾盼逡巡，以期打捞黄金水道的传奇和凄美爱情故事。

站在黄州馆门前，看着工艺精美、工序繁杂的浮雕及众多的落款，不难想象当年这里的兴盛繁华、帮主的疏财仗义，也不由想起名垂千古的苏东坡，想起"大江东去，浪淘尽，千古风流人物"。

鸣盛楼上，早已没了嘤嘤低吟、丝丝浅唱的莺歌燕舞；戏台前，也少了推杯换盏、金樽玉酒的纸醉金迷。一怀愁绪，染尽江边万般寂寞的望夫石，那"过尽千帆皆不是"的望夫女，是否就是台上裙裾飞扬、眼波迷离的女子？

走过唐风，走过宋雨，杨泗庙见证了康乾盛世下，蜀河因商贸发达、经济繁荣，成为陕南最大的物资集散地之一。那遗留的残碑断垣，似乎在向我们展示昔年汉江帆影点点、舟楫林立的壮观景象。蜀河水运的兴盛，不知可有门外石龟镇守的功劳？

那身高丈余、凶煞威严的船帮祖师爷杨泗威武霸气。2005 年，汉江发大水，蜀河是重灾之地。神奇的是，据说江水涨至杨泗庙下便止住了脚步。当地居民说，这是杨四爷要洗脚呢！也有人说，那是庙门外的神龟护着呢。多么霸气的浪漫传说啊!

像陕帮三义庙、回帮清真寺、江西帮万寿宫、武帮武昌馆、本地帮的火神庙等,无不佐证着蜀河古镇当年的盛世繁华,因而才有了"小汉口"之称。

赏完美景,必有美食待之。到了蜀河,您一定要品尝蜀河的"八大件"。在安康,"八大件"不是蜀河的独创,却以蜀河的最为有名。逢年过节、婚丧嫁娶、请人待客必做"八大件",食材大多就地取之,或时令小炒,或自制干菜,那色味俱佳、独具地方风味的腊肉豆豉、干洋芋片焖鸡、酸菜炒软饼,绝对让你垂涎三尺。无酒不成席,酒必是当地自产的拐枣酒、柿子酒,辛辣浓烈。偶尔过量饮之也不会伤人,此乃真正的粮食精华啊!

了解得愈多,愈感自己的无知,原以为与蜀河是久别重逢,至此才知依然是初见,只是名字听多了而已。那深锁的厚重木门里,暗藏了多少风风雨雨、世事变迁。当年的繁华随着朝代的更迭、历史的变迁,永远湮没在斑驳的墙壁上、仅存的青砖黑瓦里了。

悠然如画秋色浓

季节的风送走了夏的炎热，迎来了秋的凉爽，烦躁的心如饮了芳香甘醇的美酒，舒适沉醉。于是，在晨光初上、朝华初绽之际，约一程山水，赴一场秋之约。

车在西汉高速路上一口气奔跑了三个半小时，又爬了一座1200米的坡度又高又陡、弯道又急又多的峻山，掩映在群峰之巅的悠然山高山湿地景区才"犹抱琵琶半遮面"，撩开了它神秘的面纱。

双脚落地、双目四望的一刹那，便醒了脑、润了眼，也醉了心。微微的山风携着清新湿润的空气扑面而来，顿使人神清气爽。环顾四周，群山莽莽苍苍，连绵起伏；秀木遮天蔽日，参差披拂。随着夏日最后一只蝉的噤声，季节的脉络便悄悄地印在每一片叶子上，刻在每一棵树的年轮上。

此时秋正浓，悠然山虽没有春的娇媚、夏的丰盈，但经历了岁月的沉淀、风雨的洗礼、日月的浸润，却另有一番风韵。霜染层林，叠翠流金，是谁不小心打翻了画家的颜料盒，将颜料倾洒在山莽之间，所以少了春与夏的工笔细描，只是浓墨重彩的巨幅写意水墨画。你看，绿是翠绿、深绿、墨绿，黄是浅黄、橙黄、姜黄，红是淡红、大红、橘红……似乎所有艳丽的色彩都在这一季盛装展示，全然没有"枯藤、老树、昏鸦"的悲凉肃杀景象，更忘了岁月流转，不知今夕何夕。

俯首，灰色水泥铺就的甬道两旁，三叶草依然凝碧滴翠，肥肥胖胖，煞是可爱。旁边大片的格桑花虽已过了花期，见不着花团锦簇、蔚然成海的壮观景象，但枝头稀稀落落、五颜六色的花儿在寒风中凛然绽放、傲视群芳的气势，令人肃然起敬。"一夜新霜著瓦轻，芭蕉新折败荷倾。耐寒唯有东篱菊，金粟初开晓更清。"难怪多年来错把格桑花误认作雏菊，原来它是菊科的一种，菊花所拥有的品质，格桑花也具有啊！站在格桑花旁，静心细嗅，感到一缕缕淡淡的暗香幽幽地飘来，沁人心脾。席慕蓉说过："情谊和花香一样，仍是淡一点比较好，越淡的香气，越使人依恋，也能持久。"谁说不是呢？

移步向前，步步是美景，步步是惊喜。奇花异草，野芳佳木，小溪池塘，田埂小径，随处可见。我的一群美女同事就像从盘丝洞跑出来的老妖小妖们，叽叽喳喳，笑语不断，打破了秋日山林的宁静。我刻意放缓了脚步，索性闭上双眼，侧耳倾听鸟对山林的深情爱恋，花叶别离时的难舍难分。让平日浮躁、疲惫的心安静下来贴近大自然，让脉搏与大自然一同跳动、充分交融，感受岁月的静美。

"一往情深深几许，深山夕照深秋雨。"一个人行走在落叶铺满的寂静小路上，听岁月走过的跫音，赏自然对岁月的馈赠。此刻，我心里落满的是爱是喜，眼前的一石一木都饱含着深深的情，一花一草都书写着婉约的词，不再生冷无情。

不知转了几个弯，突然听到一阵"嘎嘎"的声响。循声望去，原来是一群鹅和鸭在池塘里游玩戏耍。大大小小成片的方塘有上千亩，不知是不是多日阴雨的缘故，水有些浑浊。四周的芦花早已凋谢，只留下细高的苇秆守护着这片湿地。

"山得水而活，水得山而媚。"景区内山水相依，你总能听到淙淙的溪流声绕山而来、婉转悦耳，让你体会到什么是真正的高山流水。山因水的滋润而丰茂蓊郁，水因山的呵护而清澈甘洌。这里森林覆盖面积达99%，生态环境良好，物种丰富，水质优良，是各种动植物的聚集地。看着清澈的溪水，我童心大发，忍不住蹲下身子戏水，不料水却是想象不到的清凉彻骨。我急忙将手缩回，知道这是地下泉水，若在盛夏，我一定要掬一捧痛饮几口。路边的密林掩映着一间低矮土坯瓦房，只剩下断壁残垣，在山脚下茕茕孑立，似乎向游客默默诉说着过往的艰难岁月，又似乎见证着悠然山日新月异的气象。

"高楼目尽欲黄昏，梧桐叶上潇潇雨。"雨是这个季节的精灵。起初以为是雾气越来越大，后来才知是微雨纷飞。雨意渐浓，并不明亮的阳光透过薄薄的云雾照射着大地，雨如丝丝银线在阳光下熠熠生辉，洒在清瘦的竹林里，落在高大的梧桐间，滴在香尽的残荷上，打在青绿的芭蕉中……天地之间唯有雨声，似一曲天籁之音穿越天际破空而来，使四周更加幽静。撑着小花伞的、如丁香一样的姑娘，在前方青石铺就的小路上款款前行。于是，我的心里结下一丝淡淡的哀愁，仿佛回到了烟雨迷蒙的江南。一切，因为秋雨的降落，平添了几分诗意。

风徐徐而来，不急不躁，仍扰得迟桂如雨，簌簌落下。落花如蝶，沾着亮晶晶的雨珠上下翻飞，在我眼里不是离别的眼，而是惊鸿一瞥。第一次看着落花没有忧伤，倾听花开的声音固然让人感到生命的强大，听到花落的叹息更会让人珍惜现在所拥有的一切。花开花落，或得或失，都是我们生命中无法避免的。我们能做的，唯有坦然接受。

登上山巅，来到玉观音寺，听着梵音在耳畔袅袅回绕，看佛祖拈花微笑，心里特别宁静踏实。若可以，我会将余生岁月瘦成佛前的那朵莲，与你再续一段来生缘。

"雾失楼台，月迷津渡，桃源望断无寻处。"暮云初上，云雾在山间缭绕，沟壑漫舞，烟岚婉转，如梦似幻。云亲拥着山尖，山藏在流云的怀中，分不清是云是雾。有妩媚娉婷的女子踩着云雾拾级而上，疑为仙女在云端漫步。

剪一段山水，携一缕白云，裁一片清幽，织一帘烟雨，拾几片素花，入一对佳人，拼一幅浓浓的悠然山秋景图，印记心间。

枕上轻寒窗外雨

今春的天气，似受了委屈的孩子，眼眶里蓄满了伤心的泪水，一不留神，随时都会"吧嗒吧嗒"掉落下来。

午夜时分，我被窗外窸窸窣窣的声音惊醒，一听便知外面下着大雨。现在住的楼层高，如果不是雨太大，我是不得而知的，常常是下了楼、出了门，才知外面正下着雨。向来睡眠质量差的我注定在后半夜无法安然入睡，索性闭着双眼静心听雨伴风的天籁之音。

雨是绝妙的键盘高手，不管是坚硬冷涩的水泥地，还是光滑平坦的青石板，不管是娇嫩柔软的花枝，还是柔若无骨的湖水，雨都能弹奏出或铿锵、或清脆、或缠绵、或舒缓的曼妙琴音来。

以前的小区在装修时没有统一要求，家家户户都会在阳台上搭建一个雨棚。只要下雨，不管雨势大小，打在雨棚上就会发出"叮叮咚咚"杂乱无章的声响，似"大珠小珠落玉盘"。

最喜欢童年时住的那种老屋，白墙黛瓦，月牙似的小青瓦一反一顺地覆盖着屋顶。那时的农村没有自来水，吃水要去村外较远的水井或小河挑水，每一滴水都来之不易。每当下雨，只要起了檐水，大人就会拿出大大小小的水桶、盆盆罐罐，一溜儿摆在屋檐下接雨水。因为盛水器皿的材质不同、里面水的深浅不同，从沟瓦流下的雨水落在盛水器皿里发出的声音也不同。开始或急或缓，或清脆或沉闷，"叮叮当当"格外有力响亮，后来就是"嘟噜嘟噜"低沉的声响。正应了那句"满壶不响，半壶咣当"的俗语，真是越满越谦虚。

每到这时，我最兴奋，戴着桐油油过的雨帽，裤腿高高挽起，光着脚丫在雨地里疯跑，专门踩水坑，看水花四溅，听"扑哧扑哧"的声响。

不管雨水在空中有多清亮，到了桶里都有些浑浊，放置一段时间澄清，上面的水便留着用了，下面的泥水要倒掉。屋檐水并不好喝，烧开了都有一种烟尘味。盆里的水通常被母亲用来洗衣服，这意味着母亲不用去村外挑水洗衣了。母亲用力搓衣时的"嚓嚓"声，和着棒槌声，很是悦耳。

秋季多雨，母亲利用这段时间准备全家老少过冬的棉衣棉裤，我在一旁边听外面滴滴答答的雨声，边听母亲缝衣服时一声一声"嘶啦嘶啦"的针线声，从来不管这雨给大人带来的是忧还是喜，只想着这时若有一点儿零食，就太好了。

印象最深的是一个阴雨绵绵的深秋，附近的集市第一次有了爆米花机。黑黝黝的纺锤形锅，下面是一个烧柴火的小铁桶，爆米花的大叔不停地摇着锅，15分钟左右就好了。这是小朋友们最期待、最激动的时刻，一条破破烂烂的大麻袋套在锅的后面，大叔打开气阀，只听"嗵"的一声巨响，又香又脆的白花花的爆米花蹦得满地都是，孩子们一窝蜂地涌上前疯抢。那时穷，也没太多讲究，不管干净与否，捡了就往嘴里丢。若想更好吃，就在里面加点糖精。长大才知道，糖精并不是糖，是工业提纯物，吃多了对身体有害。但那时糖绝对是奢侈品，几乎不可能有的。

那天下午放学回家，哥哥缠着妈妈要去爆米花。本来妈妈想等天晴再去，无奈哥哥软磨硬泡非要去，我和几个姐姐也极力怂恿，妈妈才答应。时隔三十多年，我还清楚地记得，那天妈妈准备了两碗苞谷和一些划得很细的木柴放在篮子里，为了不让它们被雨水淋湿，她特意找了一块塑料纸盖在上面。哥哥戴着雨帽，光着脚，拿着手电筒，提着篮子，高高兴兴地去了。

爆米花的人太多，天早已黑了，哥哥还没回家。从来没觉得时间过得那样慢，也从来没觉得雨是如此讨人嫌，我无心听雨，只在心里默默祈祷雨别再下了。雨天，夜太黑，天更冷，哥哥还光着脚呢！妈妈在煤油灯下一边做着针线活，一边等哥哥；我在灯下一边写作业，一边等哥哥；两个姐姐一边说学校里的趣事，一边等哥哥。我知道妈妈虽然嘴上没说，但心里很是担心哥哥。天很晚了，哥哥提着满满一篮爆米花回到家，两腿溅满泥浆，脚冻得通红。妈妈心疼极了，赶紧打了一盆热水让哥哥泡脚。看着眼前的爆米花，我觉得好神奇，有种变戏法的感觉，那黄灿灿的"花萼"、雪白的"花瓣"是那样漂亮，那样香脆可口。那是我第一次吃爆米花，那味道是我今生永远无法忘怀的。

窗外，雨还在下着，一点点滴落在我的心上，陈年往昔的故事里泛着湿漉漉的气息，有几分酸涩、几分无奈，还有几分淡淡的忧伤，以及对往昔的怀念。

凤凰山的云海

　　总以为远方才是风景，眼前只有生活，没想到这次和"安康人周末读书会"的书友30余人去大东山采风，有幸领略了凤凰山的云海奇观。

　　车子顺着恒紫公路奋力往凤凰山山顶爬，这里山高路陡，弯道多险，林木丛生，百草丰茂。虽值盛夏，山上却似仲秋，阵阵凉风从窗边掠过，让人无比惬意。越往高处行，景致越旖旎，山岚四起，流云绕林往来穿梭，置身其中如临仙境。流动的云雾，有的浓如炊烟，从谷底袅袅升起；有的轻如丝绢，丝丝缕缕，似出浴仙女不小心滑落到人间的披帛，轻绕山峦。忽有流云被风吹散，霎时了无踪影；倏而一朵絮花被风带到了同伴身边，簇拥着抱成一团。重峦叠嶂的群山因了或浓或淡的云雾，便多了几分缠绵和柔媚。我想伸手握住，留下这大自然赐予的精灵，却什么也没抓住。

　　这时，路边出现了一个醒目的标识牌，上面赫然印着七个大字：安康电视转播台。沿着标识牌，车子拐进了水泥铺就的大路，不知拐了几个弯，透过薄雾遥遥可见一座铁塔直插云霄，这应该就是鼎鼎有名的安康电视转播塔了。一转眼，山巅上几座小楼如神话中的琼楼玉宇，在云雾中若隐若现。

到达目的地，首先看见一座 76 米高的银色电视塔像一位顶天立地的巨人，头顶蓝天，脚踏大地，气贯长虹。我脑中不禁蹦出"汉皇金茎云外直"的诗句来。两座小洋楼比肩而立，周遭干净整洁，视野开阔，空气清新宜人。穿行在云雾缭绕的庭院，看流云从身边轻轻飘过，便有一种穿越的恍惚感，似乎我们就是天宫中的上神上仙，尘世中的一切俗事杂念都远离而去。

曾来过这里的一位书友说："那个圆门外就是观景台，在那儿观景特别好。"我顾不上去找其他同伴，立即冲到观景台。"哇，云海！"我不禁脱口惊叫。天地一色，白雾茫茫，似波涛起伏的大海，波起峰涌，惊涛骇浪，卷起千堆雪。远处忽隐忽现的山尖，在茫茫云海中若岛、若屿、若坻，又似大海中行驶的点点帆影，蔚为壮观。真是似海非海，非海似海。"日月之行，若出其中；星汉灿烂，若出其里。"不知曹公看到此景，会发出怎样的感慨呢？

后来再去凤凰山，又有幸见到了云雾。那时雨过天晴，我亲眼看到云雾一点一点地慢慢形成，起初一缕缕、一条条，轻如薄纱，渐渐变成一团团、一堆堆，浓如乳汁，点缀着凤凰山的沟壑山岭，朦朦胧胧，错落有致，不是仙境，却胜似仙境。

后来，云雾越积越厚，将我们紧紧包裹，车子撵都撵不开。由于能见度太低，我们的车子像蜗牛一样一步步往前挪，虽然司机驾驶技术高超，但我还是担心害怕，心提到了嗓子眼儿。

没过多久，云雾渐渐淡了，太阳也出来了。红彤彤的太阳透过乳白色的云层射出万道霞光，这霞光色彩绮丽，红、橙、靛、紫……铺满了西天。那景象丝毫不逊于萧红笔下的火烧云，斑斓的色彩让人认为当初女娲用五彩石补天的就是这个地方。除此之外，便是蓬松柔软、连绵起伏、千变万化的白云，其他什么也看不见，全都笼罩在云海之下。面对此情此景，我想起元稹《离思》的名句："曾经沧海难为水，除却巫山不是云。"原以为，除了巫山的云海，其他地方不过尔尔，今见了凤凰山的云海，才知道它们各有风情。

云太浓了，容易蒙蔽慧眼，看不清全貌，也失去了很多乐趣；云太淡了，则无法渲染出这样的美景，只有浓淡相宜最唯美。就像凤凰山的云雾云海，那不断变幻的柔姿，不管你到与没到，它们都不会缺席。

踩着秋天赏红叶

萧萧寒风催赶着秋的脚步，绵绵细雨敲打着秋的背影。在季节的尽头，秋翩然消逝的刹那间，岁月深情回眸，嫣然莞尔，如此灿烂。

与久违的阳光重逢，我心里满是欢喜；与志趣相投的文友同行，更是满心舒坦。车子在前往茨沟的路上奔驰，采风团文友的风趣幽默博得阵阵欢笑，笑声飘出窗外，洒下一路快乐，在晚秋的上空回荡。秋冬更替的时节，室外已是寒意切切，车内却温暖如春。

暮秋的朝阳透过明亮干净的晴窗，柔柔地洒在身上非常舒适惬意，一抹明媚直入双眸，是醉心的温柔。此刻，我的眼一定如这久雨之后的暖阳，柔和清亮。

转车途中，我有幸看到了谭坝镇松坝社区，它如明珠般镶嵌在秦岭腹地，折射出现代风采；更有幸领略了平日一群温文尔雅的文友，在茨沟镇绿健生态养殖园区参加限时捉土鸡比赛时展示的粗犷与豪迈。

捉土鸡时，那些高傲的雄鸡全没了往日趾高气扬、威风凛凛的气势，一时都左冲右突地逃窜，发出"咯咯"的惊叫声，不顾一切展翅飞跃的

"扑棱棱"声，和着林子里受到惊吓的鸟儿的啾鸣声，围观人群和捉鸡健儿的开怀大笑声……声音此起彼伏，搅翻了空旷寂静的山林。

当采风团抵达茨沟镇文化旅游广场时，那里早已人头攒动，热闹非凡。许多人都是慕名自驾前来参加"秋韵红叶·最美茨沟"文化旅游推介活动开幕式的。

看过那一幕幕精彩纷呈的文艺演出，赏完广场上一幅幅精美的摄影作品和一件件根雕艺术作品，品尝了极具特色、富有传奇色彩的神仙豆腐及沾着妈妈味道的浆水面鱼……我的心早早就飞到了王莽山上的红枫林里。

陕南的山水似一对相亲相爱、不离不弃的恋人，河流始终紧紧环抱着山峦，绕着山脚而过。车沿着付家河逆流而上，前往王莽山。清澈的河水在阳光下闪烁着炫目的光芒，绕过形态各异的乱石，如鸣佩环，似有一双隐形的纤手，弹奏着曼妙绝伦的秋之华章。

秋风虽无情地剥落了一季的繁华，但河畔两岸的残柳在徐徐秋风中依然临水照影，妩媚含情。河里，一对大白鹅在柳荫下时而悠闲地并肩漫步，时而伸着颀长的美颈，相互梳理漂亮的羽毛。

"秋风萧瑟天气凉，草木摇落露为霜。"谁说秋天就一定是荒凉的呢？萧瑟之前，是沉甸甸的果实。秋以匍匐的姿态倒下，这是回报大地最美的姿势。

山脚下的乡村公路两旁，散落着一户户农家，土墙低矮斑驳。在素淡灰蒙的青瓦或鱼鳞般的青石板檐下，垂吊着一梭梭散发着童年气息的金黄玉米、一串串落满岁月味道的火红辣椒，印刻着淳朴村民的勤劳与善良。房前屋后，一个个红得透亮的柿子在枝头招摇着，不时地招来一群群鸟儿前来享受饕餮盛宴。因为今秋难得有这样艳阳高照的天气，家家都在院坝晒场、打场。一粒粒圆滚滚、肥嘟嘟的黄豆，在男人高高扬起的连枷下从黑色的豆荚里蹦出，又在簸箕、筛子里翻滚、起舞……似见一脉乳白色的豆奶缓缓溢出，又好像一块块白嫩嫩的豆腐向八方客人频频招手。男人、女人脸上都洋溢着丰收的喜悦。隔着光阴远远望去，这样的场景似一帧旧时光里泛黄的黑白老照片。

路上不时可见露天的土灶，还有土灶上空不紧不慢飘着的缕缕炊烟，一路上嗅到的浓浓酒香就是从这里飘出来的。滴酒不沾的我早已醉了，其实我是"酒不醉人人自醉"。醉了的，不只是这美酒，还有美景，更有同行采风的文友。

"待到秋来九月八，我花开后百花杀。"此时，菊花正美，黄的、白的、紫的争奇斗艳，明媚了这一季的色彩。河流越来越窄，行到水穷处，以一泓清泉为句号，给付家河的源头画上了一个完美的休止符。

穿过软绵绵、金灿灿的草甸，我们终于站到了王莽山制高点——王莽山革命公园，此处是一脚踩三县之地。相传，当年刘秀为躲避王莽追杀逃到这一带，情势危急时突然山崩地裂，大山中间塌陷数十丈，将王莽的兵马阻隔在后。从此，此山名为王莽山。1932年，贺龙率军进行七千里远征时，从此处经过。

"雨打青松青，霜染枫叶红。"凭栏远眺，一览众山小。眼前，漫山红叶似二月之花，又如夏日的晚霞。还没哪种叶子像枫叶一样，远看是花，近看是叶。叶非叶，花非花，是叶也是花。

北有枫叶，南有红豆，两处闲愁，一样相思。满山的枫叶在丽日下闪烁着惹眼的红，是美酒醉红了脸，还是相思漂染了红颜？正午的阳光透过树叶罅隙筛下细碎光影，交织如梦。清风拂过，斑驳的树影随风摇曳，似美人轻盈的舞姿。片片飘舞的枫叶抒写着无言的思念，随风飘向远方。

独立寒秋，搦管书一阕秋的静美。文字的宁静，恰如岁月的宁静。你在，我在，便是岁月最美的风景。

那夜，入住禅意美学客栈

　　一周的南方之行，令我印象最深的不是广州的悠闲舒适，不是深圳的繁华发达，而是珠海的独特民宿——珠海北山精舍禅意美学客栈。

　　不知是生性太淡然，还是经历太多已将世事看透，我对很多事物早已失去了好奇心，包括旅游。但那晚客居珠海的民宿，倒让我觉得不虚此行。

　　找到这家客栈还真费了一番周折。我们下了动车，坐上出租车想去这家客栈，结果出租车司机并不清楚，只能把我们放到北山公交车站。我只好翻找出客栈的联系电话，一拨即通，对方很热情，说马上来接我们。

　　悬着的心终于落下。一会儿，一位一身素衣的年轻女子笑着问我："请问你是卢女士吗？"我连忙回答："我是。"不用说，她就是客栈的工作人员了。拐过一条小巷，没走几步就到客栈了，晚上看不清四周的环境，借着微弱的灯光，只见门楣上一方小巧玲珑的牌匾刻着"北山精舍"四个字，才恍然大悟，原来这就是网上标注的"珠海北山精舍禅意美学客栈"，感觉终于到家了。随着素衣女子跨过一道高高的门槛，然后"哐当"一声关上厚重的木门，插上木栓，将都市的喧嚣、身处异乡的慌乱统统拒之门外。我们好像一下子踏入了旧时大户人家，高墙深院，过道狭长，灯光透过红色绢纱灯笼，朦胧幽暗。半卷珠帘隔断了好奇目光的探索，阵阵檀香扑鼻而来。一曲舒缓的《心经》似天籁破空穿来，俗事俗务、凡心杂念立刻随渺渺梵音飘向远处，心里顿时宁静踏实，有种归属感。

随素衣女子走完过道，穿过珠帘，便见一个天井院，院内有一个小池，池边有高大的铁树、椰子树、芭蕉和滴水观音。由于光线朦胧，我只能粗略看个大概。

与天井院紧紧相连的是厅堂，有一道高高的门槛和八块门扇。大厅里有茶座，在吧台办理了入住手续，服务员给了我房间钥匙——一把精致的竹片钥匙，这是我从没见过的。

由于好奇，我让素衣女子带我参观了客栈。这家客栈有两层，一次可以接待六个家庭。客房取名别致，且极富禅意。每个房间大小不一，布置也不尽相同，极具个性。除了卫生间的马桶、盥洗盆、浴缸和香炉是陶瓷的，其他物件都是原木或竹子做成的。木板楼梯、木格屏风、木质烟灰缸、木质抽纸盒，还有古朴斑驳、带着铜锁的木桌木柜，竹子编的托盘、盛物盒、垃圾桶……每一件都像精美的工艺品，让人爱不释手。

南方人喜喝茶，每一间客房都有整套茶具，可以悠闲品茗。二楼房间没有床铺，是榻榻米，可容纳不少人。听素衣女子说，这里经常举行小型Party。

最让我感兴趣的是一间名叫"琴憎阁"的房间，墙壁上挂满了各种琴，可惜我不懂乐器，并不认识。我问素衣女子："这是琴室？谁在这里弹琴？"她说："是的，我们老板喜欢琴，但她没时间弹，便专门请了一位琴师，每周末来这里上一节课。你要是昨天来就好了。"我也感觉有点儿惋惜，没有赶上。想着这极富诗意的店名，这样有个性的装饰，厅堂满架的书籍，还有高雅的琴室，我不禁对老板心生敬佩，说："你们老板一定是位气质若兰的知性女子"。她立即赞同："我们老板是山西人，心地特别善良，是那种看上去特别舒服的女子。"由于老板在别处还有生意，我们最终无缘相见。

参观完客栈，我们在厅堂的茶座边喝边聊，一只小猫毫不客气地占了一个座位，旁若无人地打鼾。月色蒙蒙，灯影绰绰，丝竹悠悠，檀香袅袅，水声潺潺，茶香醉人，一段时光便有了诗意和美感。连日来的奔波和闷热给我带来的烦躁瞬间被抚慰了，消失得无影无踪。

第二天，换了一位稍稍年长的女子接待我们，早餐准备的是一碗南瓜稀饭、一杯牛奶、一个鸡蛋、一个红薯、一截玉米、两个馒头、两块西瓜、两块木瓜、几粒花生米、一小盘榨菜，极其丰富。那红薯、馒头，不说其他豪放的人，就是我家那位，也绝对是一口一个。切身体会了什么是"精致小菜"，对店家精心编制的食谱点一个大大的赞！

古色古香的八扇门大开，两排茶几横放在中间门口，我边吃边赏门外小天井的景色，像是小时候在农村，吃饭经常在外面的院坝边，自由自在，毫不拘谨。此时，我早已物我两忘，不知今夕何夕。

在此居住一宿，只不过十余小时，但这家有两百年历史的客栈已印刻在我们的记忆中，特区闹市中有这么一方修身养性的清静之地，真是难得。离开时穿过巷道，我想着有一天，再到这家客栈来。

山村之夜

　　冬日的太阳似乎有些怕冷，像赶集似的，才刚露脸，就又匆匆地落了下去。夜色裹着山风、雪花，殷勤地来到了村庄。

　　年轻的妇人早已麻利地生起一盆木柴疙瘩火，取下一块腊肉放在吊罐里煮着，又从酒缸里舀了一壶苞谷酒煨在火边。随后，"哐当"一声关门，冷的夜便被拒之门外。

　　小女孩挪了一张桌子放在火边，就着明晃晃的电灯做作业。妇人拿了一双鞋底坐在一边，"嘶啦、嘶啦……"地拉着线，不时用火棍拨拨盆里的火。蓝色的火舌贪婪地舔着吊罐底，不一会儿就发出"咕咚、咕咚……"的声响，一股浓郁诱人的酒香和肉香溢满了整间屋子。小女孩使劲地吸了吸鼻子，开心地叫道："哇，好香啊！"妇人用鞋底轻轻拍了拍小女孩："馋猫，等你爹回来再吃。"

　　这时，门外有狗的轻吠声，接着"吱呀"一声门开了，冷风裹着一个高大健壮的男人进屋。妇人起身招呼道："回来了，先烤烤火，我去舀水洗脸。"又回头问小女孩，"作业做完没？做完了就擦桌子吃饭。"小女孩立即应道："好，马上就好。"

一会儿，桌上就摆了两碗菜，一碗是油光光、亮晶晶的肥肉片，一碗是香喷喷、红艳艳的瘦肉块。妇人给男人倒了一大碗酒，然后给自己倒了一小碗。男人真是好酒量，满满一大碗，一口气喝下，连眉头都不皱。然后他用手把嘴一抹，拿起筷子夹了两片巴掌大的肥肉，一口塞进嘴里，嘴巴一动，顿时满口生津，油顺着嘴角往下流。妇人又为男人斟了一碗酒。两碗酒下肚，男人才开口说话："垭子嘴那截路实在不好整，百十号人整了四五天才整好。不过这是最后一个难关，剩下的顶多一个礼拜就能搞完。"又一碗酒下肚，男人的脸泛起红光，变得兴奋起来，话也多了："这路一通，咱那两百亩的黄姜就不用愁了，还有那百十亩的核桃树和柚子树明年就要挂果。这下可好，我的后顾之忧是彻底解决了。"妇人满脸洋溢着笑："可不是嘛，如今这电是没说的，路也通了，咱还有啥怕的呢？"

两个人边喝边聊，话随酒意渐浓而越来越多，女孩早已睡下。男人喝了一口酒，继续说道："今天乡长说了，明年开春就在咱村架线，开通程控电话，到时咱家也装一部。"

"真的？那咱们有啥事不就像城里人一样，只要打个电话就行？"

"那当然，我还要买个手机呢，那东西方便得很。等着吧，只消三五年，咱盖一座全村最漂亮、最气派的小洋楼。"

妇人一脸的幸福和神往，说："瞧把你美的！"接着，她掏出一个红皮本子在男人面前一晃，说："看，这是什么？"

"准生证？"

"对，今天计育办的同志送来的。前两年我有病，不能生育二胎，现在身体好了，也准许生。可你那一大堆宏伟计划……你说咋办？"妇人试探性地问道。

"咱不生了。你一生，咱那几百亩的药材和果园咋整？这会影响咱的计划的！我想通了，城里人生一个女娃能行，咱也行。只要经济搞好，啥都好办。"男人一副毅然决然的样子。

妇人满意地笑了。

两个人不再言语，红通通的火映着两张红彤彤的脸。

不知过了多久，酒菜已完，火也烧得只剩下灰烬，男人起身说道："收拾睡觉，明天还要起早呢。"

灯熄了，四周一片寂静，妇人带着无限的遐思和幸福安然进入梦乡，整个村庄在夜的帷幕下显得静谧、恬淡……

第三辑　霞英礼赞

携一缕暖阳　揽一怀春色

已过立春，却未嗅见春的气息。街道两旁，高大的梧桐树顶着冬日残留的干涩打卷儿的黄叶，斑驳颓废，没有一丝生气。草坪里的草一片枯黄，还在冬的寒夜里沉睡。

我在光阴的渡口翘首期盼，焦急地等待着春的到来。与我一起等待的，除了梧桐、枯草，还有沉闷一冬、蓄势待发的所有生灵。我不知春到底什么时候到来，但我知道一定与一场雨有关。

春风化雨，润物无声。春风的号角奏响了春的华章，春雨伴着春风从遥远的南方迈着优雅细碎的莲花舞步娉娉袅袅而来。没有夏雨的热烈狂躁，没有秋雨的缠绵多情，没有冬雨的清冷凛冽，春雨带着特有的轻细柔和、从容舒缓，甚至含着一丝羞涩，在空中扯起丝丝纤细的银线轻舞飞扬，织就一帘梦一般的轻纱。

一夜之间，大地春潮涌动、暗香盈袖，给人无限的遐想和期待。

春雨像一位法术高超的魔法师，魔棒轻轻一挥，大地立刻旧貌换新颜。被春雨滋润的大地蓬松酥软，等待农人播下新年的希望。春雨洒向江河，江河解冻，春水渐丰；春雨洒向林间，树枝柔软，新芽吐绿；春雨洒向陇上，麦苗返青，豆花含苞。冬眠的虫儿渐渐苏醒，四处张望。此时，春色尚浅，雨燕未归。大地如素颜美女，展露着不加修饰的本真模样。那枝头刚刚打苞的花骨朵如初生婴儿，粉嫩娇弱；似豆蔻少女，俏丽羞怯，乖巧地伏在枝头。这些不太起眼的小小花苞，孕育的是一个生机勃勃、姹紫嫣红的春天啊！

春雨更像醇香绵长的美酒，谁饮谁醉。迎春花醉眼迷离，一朵两朵似星辰闪闪烁烁，散发着春的气息；接着一串两串，一大嘟噜一大嘟噜，黄灿灿的招摇着，装点着春的封面。

"诗家清景在新春，绿柳才黄半未匀。"春意渐浓，春光融融，春风吹散了冬的阴霾，春雨洗刷了冬的尘埃。天空湛蓝，白云慵懒，阳光最明媚。光阴不可负，更不可负春光。落了灰的心，被春雨涤荡，随着窗外的阳光敞亮起来，与暖阳携手走出家门，揽一怀春色。

"千红万紫安排著，只待新雷第一声。"春风纤细的指尖轻翻春的画卷，向人们展示多彩斑斓的画面。公园里，各色花儿争相吐艳，姿态万千。海棠红，桃花艳，梨花白，玉兰俏，杏花美，樱花娇……一簇一簇，压满枝头，挤挤挨挨，在春风中颔首浅笑。茫茫花海中，彩蝶翩跹起舞，蜜蜂穿梭忙碌。阳光在花枝间轻盈跳跃，花影婆娑如梦，空气中流淌着醉人的馨香。透过花枝罅隙远远看去，各色花儿叠加，是一种醉心的美。

"去年今日此门中，人面桃花相映红。人面不知何处去，桃花依旧笑春风。"我最喜桃花，它精致妩媚，粉面含春。每一朵桃花，都是爱情的化身。当年桃花树下，他见到她，一眼千年，想再度重逢，却人面不知何处去。一段佳缘白白错过，一腔柔情无处可托，空留余恨，崔护演绎了流传千古的凄美爱情故事。"年年岁岁花相似，岁岁年年人不同。"在桃花眼里，何尝不是"年年岁岁人相似，岁岁年年花不同"？美好的事物总是短暂易逝，如同擦肩而过的缘，以及我们稍纵即逝的锦瑟年华。唯一不变的，是不管我们如何挽留，时间从未慢下脚步，依旧不慌不忙地交替更迭着四季的花开花落。

"碧玉妆成一树高，万条垂下绿丝绦。"河堤边，一排排高大的垂柳初绽新芽，媚眼如丝，是惹眼的绿。长长的枝条几乎触地，在阳光下，在微风中，自由舒展欢舞，极尽妖媚，像极了从《诗经》中走出来的窈窕淑女。

"迟日江山丽，春风花草香。泥融飞燕子，沙暖睡鸳鸯。"清澈澄明的春水漫过江中的沙洲，浩浩荡荡地向东流去，一对对鸳鸯在水中嬉戏，或沙滩耳语。云雀划空而过，留下美丽的背影。

"若待上林花似锦，出门俱是看花人。"安康山美水美，汉江哺育的人儿更美，环肥燕瘦，各有风姿韵味。这大好的春光，怎会少了美人和孩子？一个个在花海中穿梭，忙着拍照，留住这美好的时刻。

垄上绿树未成荫，绿草如碧，油菜花黄，农人田间耕犁忙。

行走在春色里，一路美景一路歌，一程山水一程梦。我将希望深种在春的一角，一半用心浇灌，一半任其在岁月中成长，耐心等待秋的收获。

又是油菜花黄时

我已有几年没看见油菜花成片盛开的壮景了，今年可能还会遗憾地错过。

"物以稀为贵"，油菜花就是十足的下里巴人，还没见过有哪种花像油菜花一样绵延数里，一大片一大片地向前铺展延伸，大有独占鳌头、披金带甲、染黄整个春天之雄威。

出生在月河川道的我，童年是在故乡大同度过的，后来求学时所学专业是农学，参加工作后就理所当然地成了一名农业技术推广员。因而，我对油菜花犹如对自己的名字一样熟悉，即使几年不见，闭着眼睛都能想象出它们俊俏的模样。

小时候，我特别喜欢油菜花开的季节。那时，房前屋后，河畔山坡，到处都是金灿灿的花海，倒是白墙青瓦的村庄、河岸垂青的杨柳、绕村而流的小河成了花海里的点缀。整个花期，满眼都是明媚的春色，空气里到处弥漫着浓浓的香甜味道。我虽是女孩，外表看起来很瘦弱，骨子里却很野，经常和村子里的小伙伴在田野里追逐、嬉戏。有时为了捉到一只漂亮的蝴蝶，我会一路跟着蝶儿跑到油菜地里，全然不知油菜花在授粉期，撞落了花粉是会影响油菜产量的。我常常乐此不疲，尽兴忘了归路。

有一天我们玩累了，躺在油菜地边休息，这时一个"熊孩子"说："嫩油菜秆是甜的，特别好吃，我们来吃吧。"然后带头折了一段油菜秆，掐下顶上那一簇半开未开的花儿，剥开皮便津津有味地吃起来，还分给每个小伙伴一截品尝。我尝了一口，还真是甜的。于是，几个"熊孩子"开始放开手脚折油菜秆大吃起来，不一会儿地上就扔了许多花。就在我们美滋滋地享受美味时，这块地的主人——我喊四婆的，下河洗衣服时发现了我们的"罪行"。后来我才知道，这是她家唯一的一块自留地啊！四婆看着一根根没了脑袋的光秃秃的油菜秆，地上一片狼藉的花朵、秆皮和残渣，她又气又悲，心疼得眼泪都掉了下来。当时我们吓傻了，虽然并非有意，只是觉得好吃，但不知道自己的做法会带来严重的后果。四婆心善，念及我们年龄小，清楚若被爸妈知晓，我们必定挨一顿饱打，在数落了我们一番之后，她只悄悄地告诉了我爷爷。我虽躲过一劫，但自此以后，再也没干过那样的傻事了。

印象中，我的童年就是在这浓浓的花香和广袤的田野间疯跑度过的。

说来有些惭愧，小时候我虽十分喜爱油菜花，却从未真正把它们当作花去爱、去欣赏。我可以欣喜地采下路边不起眼的无名野花拿回家，找最漂亮的玻璃瓶洗净，把花插在里面养着慢慢欣赏，却对满眼金色的油菜花熟视无睹。不管我们在不在意，是否把它们当作花来看待，它们都不理会，该开时还会开。化用仓央嘉措的一句诗：你爱，或者不爱，花就在那里，不增不减。

后来，我读到了南宋诗人杨万里的绝句《宿新市徐公店》："篱落疏疏一径深，树头花落未成阴。儿童急走追黄蝶，飞入菜花无处寻。"一幅乡村田园中菜花盛开、群童逐蝶的美好画卷呈现在眼前，我想着总有一天原野"尽带黄金甲"的盛景会由下里巴人向阳春白雪华丽转身的。

随着物质生活水平的提高，旅游业以破竹之势迅猛发展，以田园风光为主的生态旅游倍受人们青睐。原先不起眼的、被人们遗忘的、上不了台面的油菜花摇身一变成了"花仙子"，终于迎来了扬眉吐气的一日。每到油菜花盛开的季节，人们千里迢迢从繁华都市赶来，一睹万亩油菜花竞相绽放的壮观景象。

最是一年春好处，绝胜油菜满金州。

我紧紧张张地忙着其他俗事，错失了今年的油菜花季，留下365天的遗憾。翻开旧年的存照，它们是那样清新可人，含娇含媚，醉笑春风。我忽然明白，这金灿灿的油菜花，其实一直就在我身边，虽未置身今春的花海里，又有什么关系呢？因为没有什么花能比油菜花让我更了解。大名鼎鼎的刘禹锡不是也有"菜花盛开，刘郎又来"的豪放吗？

其实，这些年来，油菜花一直盛开在我的心底啊！

远去的凤仙花

一个女人的颜值如何，不能光看脸，还要看手。手是女人的第二张脸，一双纤纤玉手能给人加分不少。

小时候，一到凤仙花盛开的季节，母亲就会把它采来给我们姐妹包指甲。后来看宫廷戏，那些锦衣玉食的娘娘们会在无名指和小拇指上套一个长长的指甲套，时刻跷着兰花指，我没看出到底有多美，只是操心戴着它们方不方便，手酸不酸。后来有了指甲油，热烈的红、淡雅的绿、冷艳的黑、温柔的粉……各种颜色应有尽有，爱怎么涂抹就怎么涂抹，比凤仙花染出的颜色艳丽，光泽度好。

随着生活品质的提高，人们对手的护理越来越重视。美容院专门开辟了手部护理项目，小小的指甲成为爱美女士展示美的窗口，如调色板一般可以在其上尽情挥洒勾勒。街市上如雨后春笋般开起的美甲屋足以说明这一点。

我曾好奇，到美甲屋凑过热闹。美甲师大都是年轻漂亮的小姑娘，从修剪指甲这第一道工序开始，到打磨、调底、描画完工，得个把小时。

看着美甲师专注的神情，我不认为她们仅仅把美甲作为谋生手段，我更相信她们把美甲作为一种艺术，来展示她们的才华和理想。还别说，经过精心美化的手，真的很漂亮。只是觉得指甲上像糊了一层彩釉一样很不舒服，长时间得不到呼吸的指甲也容易得灰指甲。我是家庭主妇，每天要做饭、洗衣、打扫卫生，指甲会很快地花了妆不说，万一指甲油脱落在饭菜里，人吃了岂不是不健康？看来，漂亮洋气的美甲不适合我这烟火味浓的女子，被人们冷落的低调土气的凤仙花更适合我。

在我老家农村，凤仙花也叫指甲花、指甲彩儿。它生命力极强，种下基本不用管，干不枯，涝不死。只要种下一棵，以后年年都会生发，适合懒人种植。印象中，老家农村几乎家家门前都有凤仙花。

关于凤仙花，有这样一个传说。相传在很久很久以前，有一个叫凤仙的姑娘长得非常漂亮，和一个叫金童的小伙子生活在一起。一次，县官的儿子路过此地，看见凤仙便上前戏弄，被凤仙臭骂了一顿，灰溜溜地走了。这下可惹麻烦了，县官派人前来捉拿金童和凤仙，凤仙只有父亲，金童只有母亲，他们决定一起出逃。逃亡途中，金童的母亲肚子痛，只好停步歇息。眼看就要被追上了，金童和凤仙纵身跳入万丈深渊，二老悲痛不已。凤仙托梦告诉二老，山涧开放的花朵能治好金童母亲的病。第二天，山涧果真盛开着红的、白的花，老人采花煎汤服用，病果然好了。为纪念凤仙，人们就把这种花叫凤仙花。

凤仙花是急性子。每年，还未等我种下头年收集的种子，几场春雨后，凤仙花老去的地方又萌发了许多幼芽。只不过三五天，叶子很快膨胀变大，茎秆变粗变壮，光滑通透。到了六月，凤仙花开了。

"细看金凤小花丛，费尽司花染作工。血色白边袍色紫，更绕深浅四般红。"凤仙花色泽艳、花色多，有娇艳柔美的粉红、热烈如焰的大红、冰清玉洁的纯白、冷艳高贵的浅紫，还有一株能开数种颜色的花。凤仙花不大，娇小俏丽，颇有灵气，似翩翩欲飞的蝴蝶。从月球旅行回来的凤仙花更为了得，花瓣由原来的单瓣变成了复瓣，花冠变大，更加漂亮。

　　小时候，我们采了凤仙花瓣，加上明矾或盐，将其捣碎出汁，再摘来豆角叶，让母亲给我们包指甲。不知什么理由，人说食指不能染，食指染红了狗会咬，我自然不敢冒这个险。可能害怕我淘气，母亲哄我说："包好了不能过门槛，过了门槛就不红了。"我担心指甲不红，就乖乖地上床睡觉。第二天醒来，首先看指甲红不红，红了就满心欢喜；若睡着乱抓，包的凤仙花早早脱落就不红了，心里难免有些沮丧，还得重新包。我有时淘气，摘了凤仙花瓣，将其尾部轻轻撕开一个小口，贴在鼻梁上装扮成大公鸡。

　　虽说凤仙花生命力强，但种植在室内花盆里的花和生长在自然土壤里的花差距是很大的。室外阳光充沛、养分充足，凤仙花能长半人高，枝叶繁茂，花朵硕大；室内的不言而喻，枝叶稀疏，花朵瘦小。以前，一株凤仙花到底能开多少花，多得让人没有耐心去数；现在，一株凤仙花寥寥数朵，不用数。

　　后来，再染的不是指甲，而是一种情怀。前几天先生下乡，我千叮咛万嘱咐，让他记得留意采点凤仙花，中途还打电话提醒，结果他还是在我的期盼中空手而归。我已好几年没用凤仙花染指甲了。

　　记忆中的老家早已不复存在，被钢筋水泥小洋楼代替。没了农家小院，没了山水田园，自然没了指甲花，没了心中的桃花源。关于凤仙花的一切，都只能留在回忆中。冥冥中，一帘幽梦滑过，十指缀满凤仙花，叠加复制，瞬成千手观音，自由变幻……

一季荷风醉心香

六月的风，温热中携着淡淡的荷香，穿过小溪，越过田野，翻过山冈，扑面而来。鼻翼轻启，那细细的、略带苦涩的香气，缓缓地流入心田、沁人心脾，生动了身上每一处因繁忙而倦怠了的细胞，美好的情愫在心底氤氲开来，诗意地随风舞动。

微闭双眼，想象着你亭亭玉立、娇羞俊俏的模样，心再也无法平静，终是放不下对你的挂念，不愿错过这一季花开。带着懂你的如雪初心，与风相携，浅行在夏的深处，走进荷花盛开的方塘。

方塘四周，草木清幽，溪水潺潺，杨柳堆烟，黄鹂深鸣，素花淡淡，彩蝶翩跹，给荷塘勾勒了一条精致的花边，像展开的一轴巨幅画卷。连绵的荷塘里，挨挨挤挤的荷叶像一个个碧绿的大圆盘，又如一把把撑开的绿色小伞，有的乖巧地贴着水面，有的张扬地高高挺起，撑着一夏的清凉和幻想。

"红白莲花开共塘，两般颜色一般香。恰似汉殿三千女，半是浓妆半淡妆。"田田的荷叶深处是那白的红的恣意欢颜的莲，白的如玉，红的似霞，如夜空中散落的星辰。它们有的含苞欲放，羞涩地涨红了脸；有的微微绽放，似有满腹的心事欲语还休；有的开到荼蘼，可见里面嫩黄的花蕊，还有花蕊下藏着的嫩绿的莲蓬。

蝶恋花，花恋蝶。有蜻蜓、蝴蝶在荷花深处翩跹飞舞，亲亲这朵又吻吻那朵，是在寻找旧年的故知吗？是在诉说别离的相思吗？还是在约定下一季的重逢？蝶全然不顾我的存在，肆意表达着对花的爱恋。就这样，我不小心窥探了蝶与花在这个夏日午后的私情，偷听了它们的密语。我静立一旁，屏气凝神，生怕惊扰了它们的美梦。

风乍起，满池的荷叶随风翻起阵阵绿浪，此起彼伏，一顺儿划过去，荷花随之轻歌曼舞，娉婷优雅。荷塘深处，繁花似锦，芳菲四溢，暗香涌动。

一声惊雷，雨翩然而至。这真是一场难得的及时雨啊！雨在风中纷纷乱乱，"叮叮咚咚"作响，惊得青蛙"呱呱"大叫，四处逃窜。一时间，雷声、雨声、蛙声响彻一片，搅翻了这个宁静的午后。很快，雨点连成了雨帘，荷塘上空轻烟袅袅，荷花、荷叶氤氲在乳汁般的雨雾里，如出浴仙子。有少年扯起荷叶顶在头上，奔跑在回家的路上。

夏雨微凉，丝丝入心。我喜欢这样隔着迷蒙的雨幕，听雨打荷叶如珠落玉盘的声响，又似悠远的梵音在耳边兀自浅唱；看莲"那低头一笑，千种风情绕眉梢。香腮冰洁，胭脂无染去粉饰"的娇羞。更喜莲"出淤泥而不染，濯清涟而不妖"；绽放，不疯狂；凋零，不慌乱。与莲并肩，相顾无言，参着莲的禅意：弃浮华，淡名利，抛杂念，绝世俗，潇洒达观。

"雨馀无事倚阑干，湄水荷花粉未干。十万琼珠天不惜，绿盘擎出与人看。"风住雨歇，荷叶更加碧绿通透，荷花更加鲜艳润泽。荷叶、荷花上的露珠似洒下的万千琼珠，在阳光下熠熠生辉、明亮耀眼。

"我是你五百年前失落的莲子，每一年为你花开一次，多少人赞美过莲的矜持，谁能看懂莲的心事。我是你五百年前失落的莲子，每一年为你心碎一次，多少人猜测过莲的心事，慢慢风干变成唐诗宋词。"我多愁善感的心漫过一阵疼痛，人们只看莲的美丽、赞莲的纯洁，谁能懂得莲为了这一世的绽放，在黑暗中的漫长等待和污泥里的痛苦挣扎。"玉雪窍玲珑，纷披绿映红。生生无限意，只在苦心中。"生活中，有多少如莲的女子，我们只见她人前的明媚笑颜，几人知道她欢颜下的隐忍？我是那个懂莲心事的女子，更愿做池中的浮萍、鱼儿，守候莲的一生。

六月注定是荷的季节，门里门外都是莲的倩影、荷的清香。花枝鼎盛，清荷满池，是夏日里最明媚的色彩。那曾诗意地撑起我们欢乐童年的荷叶，那曾装点我们素淡流年的荷花，都是我心中最曼妙的风景。

一架蔷薇满院香

春天像一个调皮的小姑娘，还未细赏她花枝招展、曼妙绝伦的意境，就笑着转身淘气地跑开。抬头，早春的新芽已是绿意盎然、葱茏成荫，又有万紫千红嫣然在枝头的绿荫间，明媚着我略带忧伤的心。谁说错过了春，就一定错过了花期？越过漫长的寒冬，行于陌上，随时都有惊喜与你相遇。

"人间四月芳菲尽"，一场暮春的雨，凋零了一场花事，唯余满目青绿。经历暮春短暂的沉寂后，最先与我相遇的是蔷薇。那日下班途经公园，无意瞥见一堵矮墙上爬满了蔷薇，密密匝匝的花朵从矮墙上垂下，好奇地探头四处张望，打量周围的一切。繁茂的花朵在绿叶映衬下，满枝灿烂，格外耀眼。我心里有一种与故友重逢的激动和惊喜，不管不顾身边的同伴，急忙奔上前去。

蔷薇枝繁叶茂，一簇一簇地盛开着，白的纯洁、粉的无瑕、红的美艳……层层叠叠的花瓣在初夏的暖阳中编织着梦幻的童话，温馨而浪漫。蜜蜂抑制不住满心的喜悦，哼着无字的歌谣穿梭其间，成对的蝴蝶留恋花间，忘了归程。

蔷薇虽无牡丹的雍容、梅花的冷艳，也无玉兰的高贵、樱花的娇嫩，但自有独特的风骨：不慕繁华，不流世俗，无意与众花争春，遗世独立，洁身自好。

"绿树阴浓夏日长，楼台倒影入池塘。水晶帘动微风起，满架蔷薇一院香。"风是最懂蔷薇的。清风徐来，花枝随风摇曳，仪态万千，香味更加浓郁。风带着蔷薇的清香飘向远方，我的心随风穿过岁月的河流，越过城市的高楼，回到童年的故乡。

那时，我家在村子最南边，院坝边是一排高大挺拔的白杨树，白杨树之间系一根长长的绳子用来晾晒衣物，白杨树下堆着哥哥从山上拉回家的广子石。靠路边的那棵白杨树下是我家倒垃圾的地方，那时的垃圾沤一段时间就成了农作物喜欢的有机肥。我们在那个垃圾堆里种了一株蔷薇，由于农家肥常年的滋养，它长得特别粗壮茂盛，枝条不但铺满了小山似的广子石堆，而且抱着邻近的两棵白杨树努力向上攀爬，有的旁逸斜出，像长长的手臂，淘气地给绳子缠了一圈花边。

每年三月，一场淅淅沥沥的春雨过后，蔷薇开始不断地抽出嫩红色的枝条，慢慢地变绿变壮变粗，吐出嫩芽，长出花苞。我开始一天数次去看那些花蕾，观察它们的变化，猜测哪朵可能最先开放。在我的期盼中，先是一朵两朵，然后是三五朵，接着像是听到了什么号令，一夜之间齐刷刷地盛开，小山似的广子石堆上、高高的白杨树上全是红色的蔷薇。远远看去，不见石头，不见树干，只见铺满院落、贴在墙上云霞似的红蔷薇，似一幅水粉画美得让人窒息，成就了我对所有美好事物的向往。

那段时日，我的脚步、心绪都被那架蔷薇所吸引。清晨，羞看晨露与蔷薇深情相拥相吻，慢赏蔷薇在晨光熹微中自由舒展腰肢，展露惊艳英姿。

月光下，隔着朦胧月色，蔷薇似浸在牛乳中，带着几分迷离和梦幻，是别样的美。我站在花藤架下窃听花叶的柔情蜜语，倾听花落的叹息。最有趣的是，当门前不远处的公路上来往车辆的灯光照射过来时，一架花影从墙壁上倏地滑过，似20世纪30年代的无声黑白电影，令人着迷。

很多人慕名前来赏花，散了学的学生绕道经过我家就是为了一睹芳容，临别时不忘向母亲讨要几枝。浓郁的花香引来成群的蜜蜂、蝴蝶，热闹着整个花期。

蔷薇盛开的那段时间是我最开心的时候。早上梳好头，母亲为我挑一朵半开的蔷薇别在发际，装扮了我灰色单调的童年。

后来房屋重建，我搬离了老屋，房前的那株红蔷薇便成为永恒的记忆。从此，我再也没见过那么茂盛的蔷薇了。

刚进城那些年，城市还不太注重绿化，很少见到蔷薇。近几年，随着"创森"工作的开展，人们生活品质的提高，公园、街道、小区的绿化带里随处可见蔷薇，只是大部分都是直立矮灌木，花朵较小，远不及我家的硕大艳丽。但不管在哪里，只要见到蔷薇，我就会怀念老屋门前的那株蔷薇。

蔷薇和月季、玫瑰称为"三姐妹"，是爱情和思念的代名词。年轻时不懂爱情，更不懂得花语，只是单纯地喜欢。一直到现在，无论是高贵的牡丹、清丽的荷花，还是暗香浮动的寒梅，唯心系蔷薇。所有的喜欢，都与爱情无关。

栀子花开香四溢

日子不紧不慢地轻翻着日历，我日日循规蹈矩，上班、下班回家，两点一线，不知不觉走过了春，迎来了夏。

夏天的太阳像贪玩的孩子，迟迟不肯落山休息。我顶着烈日，拖着疲惫的脚步，穿过城市长长的街道往回挪。突然，一种熟悉且久违的馨香扑鼻而来，循香望去果然是我最喜爱的栀子花。我的精神为之一振，刚才的疲倦一扫而过，急忙加快脚步迎了上去。

卖花的大爷在地上铺了一块塑料布，上面摆满了栀子花，每五朵扎成一小把，盛开的和未开的交互搭配，每把一元并不贵。路过的行人忍不住慢下脚步瞧上一眼，爱美之人更是无法移步，自然要买几把带回去。栀子花香味馥郁，即使在这凌乱嘈杂、空气污浊的大街上，也难掩它淡雅的清芬。

我没像其他买花人那样匆匆忙忙挑几把就走，而是蹲下来仔细欣赏，显然这是花农刚刚剪下来的，依然新鲜水灵，饱胀的花骨朵半青半白，正努力地挣脱束缚，展示自己的美好。买花人络绎不绝，我不好意思长时间蹲在那儿影响他人，只好赶紧挑了两把，一步三回首，依依离去。

因了手中的栀子花一路撒播着清香，行人频频向我张望，有人惊叫："哇，好香的栀子花！"因为给人带来了愉悦，受到了夸赞，抑制不住的欢喜挂在我轻扬的嘴角上。

回家找了漂亮瓶子，注满清水，取下束缚花枝的皮筋，将栀子花小心地插在花瓶里。屋里顿时香气四溢、沁人心脾，像极了母亲的手轻抚我焦躁烦闷的心，身心都变得轻盈空灵。

清早起床，便见昨日如少女般羞怯的花蕾都微微绽放，洁白如雪。花瓣细如凝脂，似江南上等的绸缎，光滑柔软。

只是多了几束花，却完全换了一种心情，感觉一切都是那么美好。指尖散落的光阴穿过时光的回廊，恍然又回到了眼前。

栀子花具有顽强的生命力，初夏折一段栀子花的茎，插在水源丰富的地方便可生根发芽，平时不必刻意去管理。任何时候，生存永远高于一切，缺吃少喝的年月里，人们也少了欣赏美的雅兴，无心侍弄那些花花草草。庆幸我的父母属于乐天派，一向认为天塌下来有高个子撑着，即使下一顿没着落，该看的热闹照样去看。因而，整个村子只有我家小院一年四季热热闹闹，常有美景可赏，给我黯淡贫瘠的童年增添了不少乐趣。

最喜花开的清晨，一颗颗晶莹剔透的露珠犹如精灵，在洁白素雅的栀子花上、碧绿的叶子间跳跃滚动，栀子花如沐浴少女一般娇羞温润。一树莹白铺满我的心，清香缭绕，如梵音渺渺，轻吟浅唱。

"雪魄冰花凉气清，曲栏深处艳精神。一钩新月风牵影，暗送娇香入画庭。"夏夜，如水的月光静静流泻在栀子树上，摇落一地的梦幻和神秘。夜风有情，牵着花儿婆娑起舞，幽幽花香随风飘向心中向往之地。

这看似不经意的花开，却经历了漫长的季节，从冬开始孕育，历经繁花遍开的春天，直到仲夏才得以绽放。含苞期愈长，清芬愈浓。栀子树的叶经年在风霜雪雨中翠绿不凋，因而栀子花的花语是：愿得一人心，白首不相离。

我虽未因栀子花得一人心，与之白首不相离，却因它结下了一段绵长的友谊。曾有一位北方朋友，第一次见到栀子花时便惊叹其冰清玉洁的质感，惊叹其芬芳馥郁的清香，喜爱至极。那时我才知道，秦岭以北是没有栀子花的。那时不像现在，什么都可以变成商品，只要有市场，就有人卖。于是，每到栀子花开的季节，友人就缠着我从乡下给她带栀子花。本无多少交集的两个女孩以花为媒，在一来二去的送花致谢中成了好朋友。后来，她回到了北方老家，鲜有机会见面，但信中时常提起栀子花，我们的友谊因了这洁白的栀子花而绵长悠远。现在，栀子花成了商品，大街上到处都有卖的，我时常看见有人一买就是一大包，起初不解，细问才知，这些人都是辗转乘车作为亲情或友谊的使者出使北方的。

遗憾的是，买回家的栀子花还未完全绽放，就已发黄枯萎，早早结束了一生，我心里懊恼极了。女人如花，花如红颜，自古多薄命。若不是我的自私，一心想将它据为己有，此时它应在枝头展颜吐芳，我却以爱的名义谋杀了它。又想到红尘中那些早早枯萎的薄命红颜，泪水不由得涌出。

再见栀子花，只是远远欣赏，心里默默祈祷：愿芳颜永存，不再受到伤害！

"栀子花开呀开，栀子花开呀开，像晶莹的浪花开在我的心海。栀子花开呀开，栀子花开呀开，是淡淡的青春，纯纯的爱。"耳边只要响起这首《栀子花开》，就会想到老家的那棵栀子树，想起北方的友人和远逝的青春。

落花，似一声叹息

"秋风秋雨愁煞人，寒宵独坐心如捣。"是谁的忧伤惹了秋的愁思？伤心的泪水止不住汩汩流淌，从秋的开始流到秋的尾声，穿过了整个漫长的秋季，泛滥成灾。

雨时大时小、时紧时慢，雨声随之变换，时而如蚕儿吞食桑叶的"沙沙"声，时而如琴手敲击键盘的"叮咚"声。秋雨牵着我多愁善感的心，让我变得阴郁忧伤。在我听来，那雨声不是悠扬婉转的天籁之音，低沉时是苍天的呜咽声，激昂时是上天的呐喊声。城市的青砖灰瓦、乡村的田间小径、野外的山林小河全笼罩在蒙蒙的烟雨中，泛着湿漉漉的气息。偌大的世界只剩绵绵的秋雨，如此苍凉。

低头，我发现心早已长满了青苔，斑斑驳驳，和此时的天空一样，低沉阴郁得不见一丝笑意。

下了班，独自一人撑着雨伞，漫无目的地漫步在雨中。公园里，艳丽的木槿花在寒风冷雨中开得热烈，虽没桃花妖娆妩媚，没牡丹雍容典雅，但粉紫色、紫色的花朵自有独特的风姿。所有花中，我最钟情于木槿花，只因我与它结缘最早，和它有着深厚的缘分。

最早认识木槿花，是小时候在外爷家。外爷家是一个大家族，一大村子的人几乎全是他们张氏族人。在温饱都成问题的年月，没人会有闲心去养花，在一个远房舅舅家，我第一次见到了木槿花。它长得稀稀疏疏，紫色的花朵从低矮的院墙里伸出，那花瓣像极了缺吃少喝的我们，也极其清瘦，不像现在的木槿花很丰满，带着福相。但我依然深深地爱上了它，心里喜爱之极，多想摘一朵带在身边仔细欣赏。我问表姐："那是什么花？"表姐说："栅栏花。"这么美的花竟做了篱笆，我心里难免生出一丝惋惜。但从此，栅栏花便在我心里扎下了根。

后来才知道，栅栏花有一个洋气好听的学名——木槿花。我喜欢这个名字，和它的形象一样美好。此刻，我站在木槿树下，仰着脸仔细欣赏着：灰绿色的花萼包裹着淡紫或紫红、单或重的花瓣，单叶卵形互生，绒毛细小绵密，朵大色艳，漂亮极了。儿时的心愿终于了结，我心里着实欢喜。

这时，一朵木槿花突然从枝头跌落在地上，虽然雨声淹没了它落地时无奈的叹息声，但我的心还是倏地一惊，紧缩成一团，一阵剧烈的疼痛。一直以为，所有的花都像桃花、梨花一样，是一瓣一瓣带着深深的依恋和不舍从枝头慢慢飘落的。没想到，木槿花如此刚烈、决绝，没有丝毫的颓败之迹，却是如此的奋不顾身，纵身跃下。我低头一看，地上竟是厚厚的一层花朵，眼泪瞬间涌出。我蹲下身子，细细地抚摸着地上的花朵，上面晶莹的雨珠像极了美人伤心绝望的眼。是叶伤了花的心，还是风招惹了花？我不得而知。但我猜想，一定是什么冷了木槿花的心，让它绝望。

"槿花不见夕，一日一回新。东风吹桃李，须到明年春。"后来才知道，木槿花的花语是"温柔的坚持"。木槿花朝开暮落，这一次凋谢是为了下一次更绚烂地绽放。就像太阳不断地落下又升起，就像冬去春来四季轮转，生生不息。木槿花从仲夏开到暮秋，像一个沉静、含蓄、顽强的女人，花开花落人如旧。

女人如花，花似梦。用木槿花来比喻女人，是最恰当不过的了。前段时间去双龙镇，公路沿途两侧满是盈目的木槿花。若土地肥沃，木槿花就开得艳丽茂盛，色泽浓厚；若土地贫瘠，木槿花就开得瘦弱，色泽也稍稍逊色。家乡有句俗语："女人是菜籽命。"以后生活的好坏，就看你落在什么地方。那时，这个"地方"更多的是指地理条件；现在依然适用，但更多的是指陪伴一生的他和他背后的原生大家庭。婆家父母慈爱，他爱她，她必定温润娴静；婆家父母苛责，他无原则，她定会早早枯萎凋谢。

这时，不远处幽幽飘来邓丽君的《我只在乎你》，歌声甜美温婉，令人着迷。只是歌者一如眼前凋零的木槿，早在盛年便香消玉殒，徒留如化的容颜和充满魅力的歌声，被人怀念、传颂、模仿。

若在他年，年轻气盛，必是欣赏木槿花"宁为玉碎，不为瓦全"的决绝性格。如今，我对人生、对生命有了更深的理解和更多的包容，并不欣赏木槿花这种极端的行事方式，毕竟生命不易。相比之下，我更喜欢桃花、梨花，它们虽少了生命的厚重，但对生命怀有敬畏之心。因而，我也更喜更敬那些身处逆境、在困难面前不轻言放弃的生活强者，他们珍惜生命，热爱生活，做事温和，值得敬重。

与你相约

还在春寒料峭的季节，你就如精灵般出现在我灵魂深处。你那一身女儿绿的衣裳、粉扑扑的脸颊、红嘟嘟的嘴唇、柔和的双眸，总是在我不经意间探了出来，抚摸着我，诱惑着我。于是，我时常地想念你，并多次想象与你相约时的情形。

我知道，今生我们是有约的，而且我们是有缘的。不是吗？我生命的存在便是因你而开始，我幼时的梦想是在春天里放逐的，还有我少女般玫瑰色的梦也是在这个季节里孕育绽放的。为此，我一想到风姿绰约、青春焕发、流光溢彩的你将在前面的某个地方等着我，并与我相约，我的心情就激动不已。为了能与你相匹配，我像与情人约会般精心地做着与你相约的准备，并虔诚地洗去我跋涉了整整一个季节的疲劳，带着淡蓝的心事，满怀希望、精神抖擞地一路笑着、唱着与你践约。

隐隐地，看见你一身浅浅的绿裙，清新极了，妩媚极了。当我真切地看清你时，你的美艳、你的风采、你无处不在的勃勃生机更是让我惊叹不已。面对我灼灼的目光，你少女般的脸上泛起了红晕。与你相约似乎是前世的约定，吸着清新的空气，嗅着泥土的芬芳，我们漫步在峻秀的青山上，徜徉在烂漫的山花中，相伴在潺潺的小溪边，与纯净的蓝天神交，与悠悠的白云共舞，与翱翔的小鸟同唱。我细细地品味这份温馨与浪漫，不曾想多情的细雨霏霏地飘了起来，我便结着淡淡的哀愁从小巷中穿过。春雨竟如一双温柔的手，无言地拭去了我尘封一冬的心灵上的污垢，我的心因而变得明净、欢快起来。

哦，春天，我梦中的情人，与你相约是我永远的浪漫。

桂花殇

旷日持久的干旱拉长了这个夏季的脚步，于是我焦急地等风等雨，等秋的到来，更等桂树花开，香满校园。

学校有很多桂树，教学楼前就有一排金桂，两三层楼房那么高。正好办公室和教室就在三楼，除了上课我随时都可瞧见那一排桂树。每到春天，桂树便抽出嫩绿的枝芽，然后在春风春雨的滋润中渐渐舒展、变绿。说实话，不开花的桂树真没有多少特色，既无柳树的妩媚，也无白杨的挺拔，更无银杏的清纯，但我还是喜欢那一排桂树。每天清晨，带着晨露的椭圆形狭长的叶子，在晨晖中闪着耀眼的光芒，焕发出勃勃生机。不知是不是心理作用，我的鼻翼间总能嗅到一丝若有若无的桂花香气。

"桂子月中落，天香云外飘。"中秋前后，正是桂花飘香时节。一进校门，便可闻见浓浓的桂花香味，那香悠长浓郁，令人着迷陶醉，回味无穷。虽不至于"天香云外飘"，但香满校园，再翻过围墙飘向街巷还是有的。

"昨夜西池凉露满，桂花吹断月中香。""叶密千层绿，花开万点黄。"桂花极小，没有玫瑰的艳丽，没有玉兰的高雅，四五片细小的花瓣轻拥着淡黄色的花蕊，看起来是那样弱不禁风，似乎一阵微风就能让它漂泊天涯，踪迹无定。单就一朵小小的桂花，绝不会引起你的注意，但它从未在意过他人的态度。每到秋天，桂花如期而至，一簇簇，一串串，如星子，如碎金，密密地铺洒在绿叶间，从不张扬，从不炫耀，兀自芬芳，在秋阳下闪动着耀眼的金光。

丹桂飘香的那几天，是孩子们最开心的时候，那浓郁的香味时常会勾住孩子们的脚步。每到下课，孩子们一窝蜂似的往出跑，在桂花树下赏桂花、捡桂花。捡得多的，拿回家做一个香囊，或让小脚丫享受一下桂花浴，这都是我以前在孩子们的作文里看到的。课余时间，我常会凭栏而立，一边陶醉在桂花的浓香中，一边喜看孩子们在桂树下嬉戏。

天意有时特爱捉弄人。开学一周后，我请假送女儿去广州上学。安康的气温和广州的气温可一比高低，唯一不同的是广州的空气湿度太大，早晚都让人觉得身上黏黏糊糊的不舒服。在广州连同路途上花费的时间，正好一周后返回。一个星期太长，长得能从一个季节跌入另一个季节。一个星期太短，短得还未来得及转身，一场花事就已结束。

当我踏上这片熟悉的土地时，天气明显已不是我出门时那么炎热了，带着舒适的凉意。心里一阵窃喜，秋是在给我惊喜呢，我盼望已久的桂花也应该在这几天开了吧。

来到校园，桂树依然是我离开时的模样，只见绿叶不见花。然而，当我检查这段时间学生的作业时，才知桂花不仅趁我不在时已悄然开过，还被狂风暴雨摧残过。一切来得太突然了，我走时明明还似盛夏啊！心里责怪着秋风的无情，早知道是这样，我就不盼秋风秋雨了，就过夏天。很长时间，我心里都感到失落和遗憾。

幸好，一月后，校园里的金桂再次绽放，弥补了我的遗憾。看着密密麻麻、米粒般大小的桂花，我的眉眼里盈满满足的笑意。可惜好景不长，才高兴了一天，就遇天气突变，又是风又是雨。我急了，柔弱的桂花怎经得住这般凄风苦雨呢？

清晨踏进校门，我一眼看见前院小花园里的那棵桂树，它是校园里最大的一棵金桂，长得非常茂盛，树冠如盖，洒下大片阴凉。说来这棵桂树还有点儿神奇，一边靠近院墙，院墙外是街道，按说这棵树离院墙有一定距离，不会影响它生长，但它就是善解人意，微微向院中倾斜。靠校园这一侧的树冠非常茂盛，枝丫低垂，孩子们稍稍抬手便能够着；另一侧树冠明显稀落，似有人拿刀斧砍了似的，齐刷刷没了枝叶，像一把巨大的扇子。我特意观察了其他桂树，却没有这样的现象。我想，可能是由于孩子们喜欢这棵桂树，常在树下嬉闹玩耍陪伴它，它也格外喜欢孩子们的缘故吧。

此刻，桂树下的甬道、石凳、铁树、三叶草上落了厚厚一层桂花，很多学生围过去，头挨着头蹲在地上捡桂花，有的仰着脸伸手接树上飘落的桂花。我见几位同学拿着扫把扫地，把桂花堆成小丘似的，然后铲起桂花一铲一铲往垃圾桶里倒。眼睁睁看着洁净高雅的桂花落入腌臜，我急得大喊："同学，别把桂花往垃圾桶里倒！""那倒在哪儿？"学生不知所措。我上前看了看，指着最里面的一棵树说："喏，倒那儿。"待到放学，昨天枝头一片蓬蓬勃勃、香气四溢的金黄，此时只剩绿叶。我心里顿生遗憾，无比惋惜。

人生何尝不是如此？三十年河东，三十年河西，人生路上总有一些磨难让人猝不及防，感到无奈又无助。从生到死，有时只是一个转身的距离。秋去秋会来，花谢花会开，时间终将抚平伤痕，温柔年华。纵然雨疏风骤，桂花也会洒下满地金黄，即便零落成泥，依然幽香如故，情疏迹远，终向愿景款款而去。

疑是林花昨夜开

也许是太多的期盼感动了上天，让它不愿辜负如许虔诚的心；也许是作为新年的厚礼，老天在给人一份意外的惊喜。雪，终于在新年伊始，冬即将远逝、春打南方姗姗而来的途中，于这个寂静的午夜悄然落下。

清晨拉开窗帘，打开窗户的一刹那，我的心几乎停止了跳动，仿佛置身于童话幻境中：远处重叠的山峦，对面小区的房顶，公路两旁绿化带中高大的树木、低矮的小草，全都盖上了一层薄薄的白雪。那长长的、宽阔的柏油路上泛着湿漉漉、油亮亮的光芒，在四周白雪的映衬下格外醒目。

"不知庭霰今朝落，疑是林花昨夜开。"雪对于安康，这个"北方的南方，南方的北方"向来吝啬，脚步像赶集似的来去匆匆，只是应一个景儿。若不是夜间落雪无人打扰，晨起后哪有如此美景可赏？

雪花，这个人间精灵晶莹剔透，如玉蝶，若柳絮，似梨花，一朵朵，一片片，在城市的上空纷纷扬扬、翩跹起舞，是那样轻盈、柔美。整底城市被风雪包裹，迷离梦幻。此时，雪的降临无疑满足了人们的心愿，给冬画上一个完美的句号。隔着一扇寂寥的窗户，看雪尽情挥洒，把一个萧瑟凋敝的季节生生绘成一幅千般风情、万种妖娆的水墨画。

此时，有一个声音似在远方向我召唤，我按捺不住内心的喜悦，任由雪牵引着向野外飞奔而去。穿过城市宽阔的街道，跨过奔流不息的汉江，绕过阡陌纵横的田野，穿行在幽静的山林小径中，我的身心充分贴近大自然，感受雪的曼妙。

"无限风光在险峰"，其实无须多险，只要勇于跋涉、敢于探索，人生最美妙的风景定会在前方向你招手致意。

我独自漫步在雪地里，脚下"咯吱、咯吱"的声音格外响亮，这难得的清闲和清净，让平日总是忙碌的我着实享受。雪，这个古怪的精灵，悄悄地落在我的头上，是在祝福我"愿得一人心，白首不相离"吗？它偷偷地挂在我的眉梢，是在提醒我"岁月无情当珍惜"吗？它调皮地钻进我的脖颈里，吻我的脸，是让我永葆一颗赤子之心吗？

"非关僻爱轻模样，冷处偏佳。别有根芽，不是人间富贵花。"雪是雨的精华，雨可是雪的泪水？风分明带着凛冽的清冷，让人感到彻骨的寒意，但因为对雪的喜爱，在这个季节与雪重逢，我的心里依然有美好眷顾的温暖。

雪越下越大，在风中尽情欢舞，千姿百态。往常喧闹不休的山林在落雪的清晨非常寂静，鸟儿隐匿了足迹，季节收起了画笔，整个大地银装素裹、洁净清澈，那是岁月最美的留白。翘首环顾，目光所及之处，玉树琼枝，冰清玉洁；低头回望，大地如一张素纸，留下我来时深深浅浅、弯弯曲曲的足迹。此刻，我这个身着绿棉衣、戴着红围巾的俗世女子，是这个世界最鲜活的生灵。

闭目静立，倾听自己的心跳声，倾听雪花簌簌飘落时的天籁之音，让雪荡涤尘世的所有浮躁和烦恼，让心羽化成雪，纯洁美好，不染尘埃。任雪落身，我站成童话中的雪人。

"江南的雪，可是滋润美艳之至了；那是还在隐约着的青春的消息"，"朔方的雪花在纷飞之后，却永远如粉，如沙，他们决不粘连，撒在屋上，地上，枯草上……别的，在晴天之下，旋风忽来，便蓬勃地奋飞，在日光中灿灿地生光……"我的眼前集结了江南雪景的柔美与北方雪景的壮美。此刻，我隐隐听到了小麦在雪被下拔节的声响，似见油菜露出开心的笑脸。"白雪却嫌春色晚，故穿庭树作飞花。""风雨送春归，飞雪迎春到。"是的，已是深冬，春还会遥远吗？我已分明感受到小河破冰后弹奏的淙淙琴音，春在雪的覆盖下萌动破土，有淡淡的暗香飘来。我知道，艳阳会很快升起，雪即将融化，万紫千红的春，正笑意盈盈地向我们款款走来。

晚来天欲雪

　　总是说"七月天，孩儿脸，说变就变"，不知什么时候，安康的春天也变得任性，喜怒无常，让人不知所措。前几日还是艳阳高照，春意正浓；转眼却是寒意深深，大雪纷飞。

　　"晚来天欲雪"，天色欲晚，寒风猎猎，将冬日仍未凋落的树叶席卷一空，灰黄的尘土伴着枯黄的落叶，将天空搅得一片灰蒙。

　　清晨，一阵簌簌的声音将我从睡梦中唤醒，细听声音并不像纯粹的雨声，凭经验判断应是雨夹雪，且雪应是雪珠，不是雪花。我一阵激动，又有雪景可赏了。即使无法赏景，感受一下雪的清凉、温柔，也不失一种雅致。

　　下楼刚打开门，一阵冷风裹着雪粒扑面而来，打在我脸上，感到深深的凉意和微微的疼痛。雪落在地上转瞬即逝，化作一滴晶莹的泪珠。出门踩在雪地上，"咔嚓"一声，似雪心碎的声响，我差点儿滑一跤，低头细看，原来地上已积了薄薄一层冰。

　　往日行色匆匆的行人不得不放缓脚步，小心翼翼地走着，生怕一不小心摔倒。大家真正体会到什么是"如履薄冰"了。我一步一步走着，和着"咔嚓、咔嚓"的节奏，终于挪到了学校。

此时，雪越下越大，雪珠已变成了雪花。渐渐地，雪花越来越大，如鹅毛般一大朵一大朵在灰蒙蒙的空中轻盈飘舞，似穿着红舞鞋的舞娘，完全陶醉在空灵曼妙的舞蹈中。它又似春日盛开的洁白梨花、童年吹落的蒲公英，令人置身于童话世界中，如梦如幻。雪若是夜间开始飘落，此时该会是一个怎样的银装世界？

霜打青松青，雪染红梅红。雪是那样轻柔，生怕惊醒了小草甜美的梦，揉碎了迎春花艳丽的衣，压疼了柳枝柔软的腰，只在上面覆了薄薄一层白雪，似丹青妙手绘制的山水画，又似巧手绣娘精绣的刺绣。那四季常绿的万年青、早春信使迎春花、铮铮傲骨的梅花，在白雪的映衬下更添几分妩媚秀丽。雪，更是落在文人墨客的心上，成就了"忽如一夜春风来，千树万树梨花开""白雪纷纷何所似？未若柳絮因风起"的千古名句。

难得一见的大雪让孩子们乐坏了。铃声一响，孩子们像久困笼中的小鸟，争先恐后地向外奔去。孩子们在雪地里尽情地疯跑着、打闹着……雪，成了孩子们最好的玩具；雪地，成了孩子们最称心的游乐场。愉快的笑声在校园上空久久回荡，这一刻他们多么快乐幸福，全然不顾冻得通红的小手和小脸，更忘了学习的烦恼。

我被孩子们的快乐感染着，仿佛回到了无忧无虑的童年时光。记得那时每到冬天，雪决不会忘了和冬的约定，如期而至；也不会像现在这样，总是来去匆匆。一年总有几场大雪，下得天地银装素裹，粉妆玉砌。我们除了打雪仗、堆雪人，还会如鲁迅在《少年闰土》中所描写的，扫出一块空地，支起筛子，撒上谷粒捕鸟（那时都没有保护动物的意识），真是其乐无穷。

此时，一切似乎都并未走远，现在依然是大雪飞舞的冬，我还是少不更事的疯丫头。时光的回廊里，我和童年相距并不遥远，我们只是隔了一场雪的距离。

第四辑　桃李润物

托起明天的太阳

　　世间有一种感动叫责任，有一种责任叫担当，有一种担当源于爱，这种大爱叫"我帮你"。

　　夏至已至，酷暑炎炎，载着《汉江文艺》签约作家及汉滨区文联会员一行30余人的大巴车沿着恒河河畔，穿梭在莽莽群山中。细心观察，除了满山林木，其间还点缀有青涩诱人的梨子、核桃，吐着淡青色、紫红色胡须的玉米棒子，从窗外一闪而过。习习山风携着果实和山花的清香扑鼻而来，余香袅袅，令人暑意全消。两个小时左右到达目的地，汉滨区的北大门——大河镇。

　　大河不大，河水却清澈甘冽。大河镇政府所在的集镇，堪称是弹丸之地，被四周群山紧紧环拥。意想不到的是，在这么小的地方，竟有高楼拔地而起。我情不自禁地赞叹道："好漂亮的楼房！"随同的镇党委副书记徐军指着那几栋高楼告诉我："这里是移民搬迁安置社区，旁边两栋是公租房。在学校周转房不足的情况下，我们用公租房优先保障教师的住宿。大楼主体工程现已竣工，不久就可入住。"

想想刚才看到的有些破旧的镇政府办公楼,强烈的反差对比使我想起 20 世纪 90 年代初流行的一句话:"再穷不能穷教育,再苦不能苦孩子。"一种敬佩之情油然而生,激起了我进一步了解大河镇的欲望。

这里山大人稀,自然条件差,原来农村的中小学校基本都是危房。镇党委和镇政府不等不靠,自筹资金,一年排危房,两年改环境,三年提质量,使全镇校舍旧貌换新颜。

为确保每一位学生有学上,好学生能走出穷山沟,大河镇 2013 年设立了"希望之星"教育基金,倡议在每年的"世界勤俭日",所有干部捐出一天工资。同时,发动商会,号召社会各界有识之士都来关心教育、支持教育、共同办好教育,设立了"鸿志奖学金""滋慧计划"等,补助贫困生,奖励优秀生,使其顺利完成学业。四年来,单是发放"希望之星"助学金就达 46 万元,资助贫困家庭学子 336 人,大河镇尊师重教蔚然成风。2017 年高考,大河中学本科上线率为 64%,居汉滨区农村学校第一位,堪称奇迹。作为一名教师,我深知这些冰冷数字后面的艰辛,那是很多人用无数心血和汗水换来的。

大河中学有教职员工 94 人,平均年龄 31 岁。他们怀揣着梦想,带着对教育的热爱,来到叫大河的大山深处,把最美好的年华献给了这所学校。他们目睹了孩子的成长,也见证着学校的发展。由于学校条件差,很多教师都有和学生住同一栋楼的经历,的确很不方便,但是无怨无悔。想到镇党委、政府对教师的重视,很快就能搬到新房,他们非常激动,也很满足。

高三年级的一位班主任潘飞飞感慨道:"从这里考出去一个学生太不容易了,好学生都转走了,学生的中考成绩大都是二三百分,剔除体育成绩,还能剩多少?"为了能把学生送进大学,有的教师推迟了婚期,有的教师到了预产期前一周才休产假。教师每天早上七点准时到教室等学生,每天下午自习课上分小组辅导,"科学教,慢慢补,逐个帮,全员上"的教学方针被汉滨区教研室在全区推广。

除了教师和学生的刻苦努力，大河的教育取得的成果与政府的投入、社会的支持是分不开的。

徐仁涛是一位勤奋好学的学生，家庭成员比较多，父母常年在外打工，爷爷奶奶年事已高、身体不好，加上一个读九年级的弟弟，家里入不敷出。高中三年，他除了享受国家"两免一补"优惠政策外，还获得各种助学金、奖学金达11000元，顺利地读完了高中。2017年，他参加高考取得了优异成绩，过了一本线。

沈烨、沈艳这对孪生姐妹是从大山深处飞出去的金凤凰。2016年，沈烨、沈艳以优异的成绩分别考取了四川大学和西北农林科技大学，她们是幸运的。父母常年在宁波打工，家离学校远，就在街上租了房子，由奶奶照顾姐妹俩的生活。由于她们俩品学兼优，除了每年学费全免，还可以拿到可观的奖学金。在评助学金时，按规定本来两个人都有，但姐妹俩说她们是一家子，已获得了不少奖学金，助学金就只拿一份，省下一份给那些同样需要帮助的同学。

我在常州、海门学习时，最大的感受就是当地政府和社会重视教育，愿为教育投入。大河镇政府尊师重教的实践让我看到了海门的影子，看到了大山深处教育扶贫的希望，这需要多么大的魄力啊！

治贫先治愚。精准扶贫手段多样，既有物质的，又有精神的，而精神力量上的脱贫最为根本。发展教育，一举多得。正如大河镇镇长王诚所说："送出去一个大学生，可能改变的是一个家庭，影响的是一个家族，带动的是一个地方，意义重大而深远。"

给孩子一个改错的机会

昨天早上第一节课后，女生苏羽对我说："卢老师，同桌安然偷我的本子。"我吓了一跳，竟然用了"偷"这么一个刺眼的词语，班上从来没出现过这种情况。我平静地说："你们两个到办公室来。"

到了办公室，我问："怎么回事？"

苏羽抢先说："这个本子是我的，她偷了去。"

我立即纠正，不能用"偷"。我边说边接过本子，这是一个小小的粉红色本子，看起来并不贵，却是小女生喜欢的类型，她们常常拿它来抄老师布置的作业、笔记等。

我问安然："这个本子到底是谁的？"

安然说："我的。"她明显底气不足，有些心虚。

我又问苏羽："你怎么知道这个本子是你的？"

"我买了两本，给了我妈妈一本，还有一本拿到学校自己用。期中考试那天，我的本子不见了，今天才看见在她这里。"

"你怎么确定就是你的本子？"

"里面写有字，我认出来了。"

从她们的神态、语气和话语中，我基本能判断这个本子是苏羽的。但为了稳妥起见，不出现"冤假错案"，我又心平气和地问安然："这个本子是谁的？"

安然默不作声。

"是苏羽的？"

安然轻轻地摇摇头。

考虑到安然的顾虑，我说："你说实话，我不在班上说，也不告诉你妈妈，也不让苏羽说。"

安然的眼泪一下子出来了，说："是苏羽的。"

我把本子还给了苏羽，告诉她安然只是一时糊涂犯了个小错，并叮嘱她不要在外面讲。然后，我把安然单独留了下来，我知道她的家庭情况，她是单亲妈妈带着的，但不至于一元钱的本子都买不起。

我柔声问道："是妈妈不给你买吗？"

安然摇了摇头，小声说："不是。"

"那为什么要拿别人的？这样好不好？"

"不好。老师，我以后再也不拿别人的东西了。"

"好，老师相信你，知错能改就是好孩子。"

放学后，我买了一个粉色的漂亮小本子，准备在适当的时候作为奖品奖给她。

谁都会犯错误，遇到这种事没必要惊慌，更不要上纲上线。孩子犯了错，我们要耐心等待，给孩子一个改正的机会。

果然，在以后的课堂上，安然表现得很不错，学习很努力，发言也积极。我趁机把她喜爱的粉红色的小本子奖给了她。她从我手中接过本子时，说了一句"谢谢！"她的眼中分明包含了很多内容，还有闪动的泪光。

我望着安然笑了笑，给了她一个肯定、赞许的眼神。

教育实践家苏霍姆林斯基说："要让真理和信任在学校里占据统治地位，要让在学校里所说出的每一句话都结出果实，而不是一朵空花……"我想，儿童的稚趣首先表现出来的是善，并不存在真正意义上的邪恶的东西。就像安然这个孩子一样，因为对粉红色小本子的喜爱，才牵引着她做出了不当的行为。作为教育工作者，教育孩子时要灵活施教，随时扛着一把梯子，既能让孩子上得去，也要让孩子在适当的时候下得来。

静待花开

昨天下午第二节体育课，班长到办公室问我："卢老师，李子俊和姜亦凡没上体育课，高老师让我来看看他们在不在办公室。"我说："没有，你去教室看看。"很快，班长过来说他也没在教室，我说："你让男生去厕所，看看在没在厕所？"一会儿，体育老师急忙跑来，说："卢老师，李子俊和姜亦凡不见了。厕所没有人，我刚又去了教室，看有没有躲在桌子底下，还是没有人，他们能去哪儿呢？"

看高老师着急的样子，我也有些紧张，赶紧和搭档陈老师起身一起出去找。稍让我们心安的是，学校大门平时锁着，有严格的门卫制度，学生一个人是出不去的。厕所是新修的，不存在危险，几栋教学楼通往楼顶的门也锁着，也不存在安全隐患。他们一定是淘气，躲在什么地方玩去了。

我们三位老师，还有六位可靠的男生同时分头去找，该找的地方都找了，仍是不见踪影。他们会去哪儿呢？我们再次分头去找。

几分钟后，有同学来说，李子俊和姜亦凡来了。我立即到操场上问他们去哪儿了。

李子俊说："上厕所。"

"上哪个厕所？"

俩人嘴巴紧闭，死活不说。

"两个厕所都让同学去找了，你们在哪个厕所？"

姜亦凡说："我们在教室。"

"哪个教室？班长、我、高老师都去教室找过，怎么都没看见？"

两个人再也不说话了，不管我怎么问，就是不吭声。

这两个孩子的确让人头疼，平时上课不守纪律，调皮捣蛋，还打架，天天都有学生来报告。

上周，新来的思想品德科任老师找到我，说："你们班上的学生太调皮了，其他班级都没出现这样的情况，我要给领导说，给我重调一个班。"不用他细说，我也知道是谁在捣乱，也能想象出当时班上的纪律有多差。我急忙安慰，答应严管，请他再上两节课看看。这件事还没处理好，李子俊又躺在地上打滚儿，被红领巾文明监督岗发现，姜亦凡在校门外乱扔垃圾被校领导发现了。我的说教效果不大，觉得有必要告知家长，我们共同教育。

李子俊家长很快来了，说："卢老师，我把他带回去，好好说说他。"因为快放学了，我觉得也行，就答应了。

第二天，我一进教室吓了一跳，只见李子俊整张脸又红又肿，看着让人害怕又心疼。我问他："谁打的？"

他说："我爸打的。"

"用啥打的？"

"鞋。"

"疼不？"

"疼。"

"你娃子，现在该长点记性吧？你看，你这么调皮，老师头疼，父母生气，自己挨打受疼。以后要改！"

"嗯。"

"你也长大了，是男子汉，说话要算数哦。"

"嗯。"

随后，姜亦凡家长也来了，我将情况简单做了说明。他爸说："我的孩子我知道，在家也是这个样，一下都管不住，把他妈气晕几次。他几乎天天挨打挨骂，邻居都说我。"

"你怎能这样，经常打不是打皮了？还是好好说。今天回家不要打了，再打孩子的话，有啥问题我就不敢跟你沟通了。平时多跟孩子沟通，沟通的过程，就是纠正错误、培养好习惯的过程。"

"唉，有时我真想把他打死，不要他。"

我非常吃惊："你怎么能这么想？！既然遇上了不省心的孩子，我们就要多费神，多一些爱心和耐心。我做老师的都没放弃，你们做父母的怎能放弃？仔细想想，孩子之所以成这样，是不是与家长有关？"

姜亦凡家长的态度倒也诚恳："是的，我们是有错。卢老师，刚才我说的是气话，回去我多管教，给你添麻烦了。"

家长们走后，我陷入了沉思。我太清楚这两家的情况了，家庭条件都不是很好，父母没有多少文化，而且脾气暴躁。孩子小时溺爱，大一点儿了，平时疏于管教，犯了错误就一顿暴打。若自家孩子与别的孩子闹矛盾，又断不肯让自己的孩子吃亏。所以，现在这两个孩子已是油盐不进、好坏不听，成了问题孩子。

"冰冻三尺，非一日之寒。"现在要想把他们从跑偏的路上拉回来，不仅需要时间，还需要老师和家长的爱心、耐心。那就让我们耐下心来，静等花开！

爱的力量

下午放学，同学们陆续走出教室，我正在检查电脑、投影仪是否关闭，这时只听有人大声叫道："卢老师，马亚军说有人爱我。"听声音我就知道是"熊孩子"王开鑫，他和马亚军在全校都是出了名的问题学生。我抬头看去，只见王开鑫笑嘻嘻的，那笑里带着几分开心、几分恶作剧外加些许羞涩。

正在往外走的同学们都停了下来，想看我怎么处理。其实，看到王开鑫那副模样，我忍不住笑了，决定趁机教育一下他，于是我问道："王开鑫，有人爱你，开心不开心？"同学们都没想到我会这样说，一下子都笑了。王开鑫的脸"唰"地红了，他羞羞答答地哼哼唧唧半天没回答。我说："换了我，我很开心，有人爱是好事，说明人好，优点多。"这次，王开鑫的笑意里没了恶作剧，更多的是窘迫和羞涩。我又说："不过你现在这样我也爱你，你要是天天这么可爱我就更爱你。"同学们笑得更厉害了，但我知道这次的笑和先前的笑是不一样的，这次是开心的笑。王开鑫便有了几分得意，我顿了片刻，又说："就怕你天天淘气，欺负同学，没人爱你。"王开鑫脸上的笑一下子有些僵硬，我继续说道："其实你身上有很多优点，劳动积极、能干，书写工整，特别是这学期进步很大。如果以后少淘气点儿，不欺负同学，同学们肯定都会喜欢你的。"王开鑫听了，满脸的严肃，使劲点了点头，然后转身冲出教室蹦了起来。

这些"熊孩子"虽然经常让我头疼，但他们有时真的很可爱。我知道，对他们的教育引导是一个漫长的过程，绝不可能一蹴而就的，需要更多的耐心和细心……

一堂别开生面的写作课

人们常说教师是园丁，这话一点儿都不假，要想哺育好这些幼苗，让他们在阳光雨露下茁壮成长，还真得下一番工夫不可。随着社会进步，教学的方式方法也应该与时俱进，既要体现孩童的特点，又要激发他们的学习兴趣，得变着花样寓教于乐。

人教版四年级下册第七单元的习作是写《我敬佩的一个人》，在完成教学任务后，为了锻炼学生在写人这方面的能力，我布置了这样一个小练笔：你和很多同学同窗四年，里面一定有和你关系好的同学，选择其中和你关系最好的一位，把他的外貌写下来，然后看他在思想、性格、品质等方面有哪一点给你留下了深刻印象，通过一件典型的具体事例表现出来，并把你想对他说的话写出来。写完后，把你的习作拿给你所写的同学看，然后让他给你评价打分，看你写得像不像。而被写的同学，如果你觉得哪一点与事实不符，给他提出修改的意见或建议。

作业布置后，教室里一下子沸腾了。同学们非常兴奋，笑着你望望我，我看看你，到底写谁呢？谁又会写我呢？那一点儿小心思全都挂在脸上。几分钟后，同学们经过认真筛选，终于挑出最合适的人选，教室里开始安静下来，他们陆续伏案书写，还不时地观察一下自己所写的同学。

待学生写完，我让他们带着自己的作品离开座位，去找所写的同学评价打分。教室里顿时像炸开了锅，也许是从没这样上过课的缘故，学生们异常活跃，个个手里拿着本子，你往这儿跑，他往那儿跑，嘴里不停地喊着同学的名字。你正在喊这个，那个又在身后喊你，自己被喊得越多就越开心，有那么一两个没被喊的学生明显有些失落。现场秩序的确有些混乱，但我并不着急，只需要保证他们的安全，然后看他们像一群小鸟一样叽叽喳喳，在教室里快活地往来穿梭，寻找栖息地。等他们找到目标落座后，或三五成群，或两两一组，开始认真阅读、讨论习作。你看，他们讨论得那么热烈，不时发出一阵阵笑声或争执声。读者的面部表情真是千变万化，或微笑，或蹙眉，或颔首，或摇头……我也深深地陶醉其中。

课后，我在批阅这些小练笔时，发现文章质量明显高于其他，修改后更符合所写人物本身。有趣的是，学生给他的小伙伴们都打了很高的分。

这节课虽然早已过去了，但学生的表现和课堂气氛给我留下了深刻印象。我对这样的教学方法逐步形成了自己的见解，即互动、体验让学生有话可写。这种方法打破了小学生写作文不知写什么、怎么写的尴尬局面，使学生有话说、有话写，进而在此基础上进行写作技巧的升华和提高。

第五辑　情感咏叹

春雨

"风雨送春归，飞雪迎春到。"刚刚还在枝头竞相吐艳的明媚春花，转眼间被暮春的一场冷雨无情地打落成泥。地上落红满径，枝头绿肥红瘦，暗香残存。

有女孩将满地的樱花、海棠聚拢，堆积成不同的图案，有的是心形，有的是英文"I love you"……每种图案都是对美好未来的向往。此情此景，似一阕精致的花间词一样唯美、浪漫，惹人心生爱怜。我虽早已过了多愁善感的年龄，但看着花瓣雨从枝头簌簌飘落，在风雨中茫然地寻找、无望地漂泊，心里依然满是疼惜。难怪古人总是伤春悲秋、惜时感怀，写下那么多流传千古的佳句。

一切都是那么匆忙，还未来得及细赏，还未来得及挽留，还未来得及向春表白，枝头的繁华便不复存在。树木又添了一圈年轮，向上猛蹿了一头，最明显的变化是叶子完全舒展，褪去了昨日的青涩，增添了一份成熟的绿意，更加壮实。仿佛突然之间春已远，丰盈的夏正向我们娉婷走来。

其实，人生也是这样，不一定都是一帆风顺，按部就班。有时候，只有经历一些风雨，才会走向成熟。

我记得刚参加工作的时候，是一个罕见的暖春。虽是初春，气温却一天高过一天，五彩斑斓的风筝在蓝天上悠悠地飘荡，孩子们纯真的笑靥如山坡上盛开的桃花。枝头已然春意融融，只是因为干旱缺水，少了灵气，缺乏生机。干了一个秋冬的麦苗，在阳光下无奈地挣扎着、渴盼着……

门市部的生意因为天气不好而格外冷清，进得并不多的种子还好好地躺在柜台里。我百无聊赖，翻找出了同学录，看到班主任送给我的那张题有"心中装有远大理想，就无权和普通人一样生活"的贺年卡时，我激动不已，它曾给了我很大的勇气和信心，也曾激励我在人生路上不断奋斗进取。于是，我不知天高地厚地以为，迈出校门便可一展鸿鹄之志了。谁知，现实的利剑很快击落了我胸中的万丈豪情，毕业后我被分配到大山深处的一个乡镇当农技员。单位不大，几乎没有同龄人，每到下午，人就更少了，四周寂静得令人窒息。

从家到单位，需要乘坐的交通工具除了飞机，汽车、火车、"蹦蹦车"、船，还有"11号车"（步行），一个都不少。每天只有一次往返机会，错过了还得坐车往回走。问题是，火车并不准时，经常晚点，你不知道它什么时候会来，来了还不知能否上车（乘降所有时不开门），所以只能早到。途中所用时间很长，从安康去西安的人已到了目的地，我还没出汉滨区。

我像一只无头苍蝇四处乱窜，在无情的现实面前，终于败下阵来。但我对书的钟爱，还是一如既往。我所有的希望与失落、欢笑与泪水，只能通过我的笔尖飞舞在洁白的稿纸上，几年下来居然写了厚厚的一本，拣出一些投稿，竟也在报纸一角露面，只是眉头的结依然无法舒展。

再次翻阅这些文字，心头一片茫然，不知究竟是这个世界抛弃了我，还是我抛弃了这个世界，为什么我的一腔热血不被现实接纳？

那些日子，我的心境如同阴沉的天，沉闷得难受。雨，终究在人为干预下，于那个午夜滴滴答答地下了起来，已饱尝干渴之苦的麦苗在一阵酣畅淋漓地痛饮后，终于焕发出勃勃生机。田野里一下子活跃起农人的身影，我们的生意也一下子红火起来。我突然明白，这些年来我的理想为什么总是被现实拒之门外，因为我一直不肯垂下我渴望飞翔的理想的翅膀，而理想的种子只有根植在现实的土壤中，才会开花结果。这正如我售出的良种，即使种子再好，如果不扎根在现实的土壤中，依然不会有所作为，而一旦错过了季节，就会失去生命活力，最终被人们所遗弃。

罩在心头的阴影终于散去，我长长地舒了口气，浮躁的心变得妥帖安稳，开始扎扎实实在平凡的工作岗位上默默地做自己该做的一切。

一场春雨，清晰了所有的记忆；一个回眸，锁定了经年前行的脚步。而今，人生风雨早已磨平了曾经的棱角，对于当年的幼稚狂妄，我终可一笑而过。接受现实，在日复一日的踏实坚守中默默耕耘，偶尔也有意外的收获。那年的春雨，是值得我铭记和感激的。

十里春风不如你

三月的江南，细雨微洒，宛若一幅精致的水墨丹青，清新迷人。我撑着一把油纸伞，寂然地穿梭在烟雨小巷中，就这样与你不期而遇。

桃花是此时最为常见的，一树树开得那么热闹，那么浓艳。但我更喜梨花，洁白素雅，不事张扬，一如初次遇见的你——一个似从唐诗宋词里走出的少年，清瘦、温和的脸上挂着清浅的笑容，幽幽地散发着迷人的气息。回眸间，你的笑靥明亮了我的眼，惊艳了我的梦。

我固执地以为，你是来与我共赴心灵之约的。遇见你，是我今生最美的幸事。于是，我在心里悄悄许诺：你不来，我不走，等你，不长，一辈子。

一度，仓央嘉措和纳兰容若成了你我的话题中心，我们相谈甚欢，是那样默契。"那就住进我的心里，好吗？"我笑而不语。你可知道，有种爱叫作一见钟情，有种人只需一眼，便会在心里生根发芽，疯长成参天大树。你便是。

原来，一句话，便可把流年织成锦缎，把年华染成锦瑟。

那段时间，我的脚步轻盈，眉眼里盛满了盈盈笑意。总想在红尘之上，向晚临风，为你弹奏一曲《高山流水》；总想在桑树之下，对酒当歌，为你舞一支《霓裳羽衣舞》；也想在阡陌小径中，对月咏叹，为你吟一首《蝶恋花》。

如果你是巍峨的山，我愿是绕在你脚下的水，与你山水相依；如果你是远航的船，我愿是那扬起的帆，与你风雨同舟；如果你是鸟，我愿是你扇动的双翅，助你翱翔蓝天；如果你是红尘中的凡夫，我愿在最深的烟火里，陪你看尽人间的细水长流。

我想倾尽今生，为你撰写一个故事，故事里只有你和我，天荒地老；我想穷尽才华，为你谱一支曲，那是我生命的绝唱。我所有的心事和心愿，一一付诸洁白的纸笺，只为留住关于你的所有点滴。

琴声悠悠，流水淙淙，你从梦中打马而过，成为天边遥不可及的流云，我的心霎时如玻璃碎了一地。三月的雨最为多情，淅淅沥沥卜个没完。"点滴芭蕉心欲碎，声声催忆当初。"是在诉说那些无尽的过往吗？听，是寂寞在午夜和着雨声把《离歌》一遍遍地吟唱；看，是心如浮萍在雨中漂啊漂。如今，伞下不再有你我同行，瑶琴不再有你为我而抚。那年的红玫瑰早已风住尘香，却依然在心底摇曳生姿；他年的牵挂还轻系在腕上，却早已少了真切的温度。我躲在岁月深处，一边静守对你许下的诺言，一边等候你从汉水的尽头踏歌归来。

剪一段被你漂染过的时光，将它精心装裱，悬挂心间。多少个午夜梦回，我在心里一遍一遍地翻阅，那笑靥，暖如冬阳，灿若夏花，陪我在寂静的流年里走过春夏。

如今，又是春暖花开、繁花似锦，即使十里春风，也不如你啊！

依稀间，你正踏着落花从岁月深处向我款款走来。

季节

雨，就这样时下时停，断断续续，整整十天了。季节一下子从暮夏跌到了深秋，十天前还葱茏茂密的叶子，转眼间已黄迹斑斑，有几片已不胜凉风的侵袭而飘落下来。夜也特别殷勤，才是下午时分，却已暮色浓浓，远处的村庄偶尔有一两扇窗射出点点灯光。

往年，人们都是由潇洒简便的短衣、飘逸摇曳的长裙逐步过渡到棉衣棉裤，而这一切都是在不知不觉中进行的，丝毫让你感觉不出今天和昨天有什么不同，直到后来才让你实实在在地感觉到，今天和昨天的确不同。这正如我们感觉不出今天的自己与昨天的自己有什么不同，但若干年后我们才感觉到，自己不管是容颜还是心境都已今非昔比，时光已悄然无情地在曾经年少的我们脸上、心上刻下了岁月的斑斑痕迹。直到那时才会想起，每天一切都在变化。

尽管一年四季周而复始，但那只是简单的季节名称循环而已。花落水流，冬去春来，燕子去而复回，青春小鸟却一去不归。青春韶华在人生中何尝不是这样呢？但几乎所有人都以为，明天和今天没有什么不同，明天和今天的自己一样年轻、精力充沛，因而人们总爱把事情推到明天。"明日复明日，明日何其多！日日待明日，万事成蹉跎。世人皆被明日累，明日无穷老将至。"明天永远都有，永远不会衰老，但我们能永远风华正茂，和时间抗衡到底吗？

愿我们都能珍惜时间，不要蹉跎了岁月。

带着童心去踏春

经常囿于城市高高的水泥墙内，单位、家庭两点一线，周末不是加班就是做家务、带孩子，早已忘了斗转星移、季节变化，更不知大自然给人类的种种恩赐。总想找个合适的理由，放下所有重负，走出城市，走出狭小的生活圈子，走出封闭的心灵，去亲近大自然，感受大自然，和大自然零距离对话，和自己的灵魂对话。

机会终于来了，学校要在四月下旬的一个周末组织大家春游。一听要春游，会场上一下子炸开了锅，个个脸上喜笑颜开，叽叽喳喳讨论不停，那表情像从未出过门似的。

记得前年单位第一次组织集体春游，我们一大把年纪了还像孩子一样激动兴奋。提前几天，年级组的一群姐妹天天晚上在群里讨论带什么吃的、穿什么衣服，像是赴一场极为隆重的宴会，不得不盛装出席似的。春游那天，一人带了一大包东西。这次又是如此，年级组的姐妹还特意为这次春游买了衣服。

由于路途近，采取自愿报名的形式，或徒步，或坐车。除了老弱娇气的，大部分人带着孩子走路。我不争气，属于老弱的。四月底，春渐远，夏未至，是一年最舒适的时节。这天，天气格外明媚，暮春的暖阳给大地镀上了一层金边。

我和其他年级组的几个姐妹一路谝得眉飞色舞、笑声不断，估计司机都让我们吵晕了，只是不好发作而已。

人间四月芳菲尽，香溪槐花始盛开。陕南的四月，在春雨的摧打下，百花早已凋零，香溪福道边只有槐花开得正旺，远远地可以闻到浓浓的香甜的槐花味。寻香望去，高大的槐树一溜儿排开，槐花咧嘴欢笑，喜迎游人。那一串串洁白的槐花挂在树梢、垂在空中，在春风中轻轻摇摆，总让人想到美人耳垂上挂的耳坠，走动时一摇三摆，平添几分妩媚。

再往前几步，就陆陆续续看见提前出发步行的同事，三三两两，结伴而行。小孩们凑在一起，边走边疯玩，充分感受大自然的美好。女人，从来都是花的代名词，本身就很美，更爱所有的美，在这样美好的春光里，没有了红尘琐事的纠缠，身心自在舒畅，路边一朵花、一片绿叶，都能引起她们的好奇和兴趣，在那儿摆出各种姿势，臭美半天。最幸福的应该是那几位男士，有最美的大自然滋养心灵，还有这么多花枝招展、比花儿还艳的美女簇拥着在花前留影，万花丛中一点绿，他们本是陪衬，却成了抢镜的主角，抑制不住的笑容在脸上荡漾，也成了一朵花儿。本来一个半小时的路程，三步一停，五步一立，愣是走了两个多小时。

提前到达目的地的人积极做着户外游戏的准备工作，待人员到齐后，游戏立即开始。为增强游戏的趣味性，游戏前举行了入场仪式。各年级的口号，简洁明了，目的明确。首先，五年级组亮出的是："鼓楼鼓楼我爱你，我们是奋进的五年级！"然后二人一组，摆出一个心形。二年级的口号极为现实，直指奖品："奖品第一，比赛第二！"说完，伸出两个手指，做胜利的姿势。一年级的口号不甘示弱："小一小一，永争第一！"几个人霸气地摆出不同的造型。美女多的三年级组任何时候都不忘夸夸自己："三年级三年级美如花，我们个个顶呱呱！"然后扭腰摆胯，挥手臂转圈圈。我偷偷溜出队伍一瞧，四个姐妹动作最优美，男士的动作最可爱。这些直白的口号、夸张的动作和表情，让人差点儿笑岔了气。

入场仪式结束，第一个游戏是"一江春水送北京"，就是设置各种障碍，各组队员提着两桶水接力，最后看哪一组提的水多。每组参赛队员密切配合，不管承担哪一项任务，都拼尽全力，为本组争光。平日斯斯文文的美女全然不顾自己的形象，光着脚丫在凹凸不平的垫子上跳跃式奔跑，样子特别滑稽。最拼的是我们高大壮实、年轻帅气的周主任，勇敢地选择了难度最大的钻圈。由于身体壮实，他起身时，圈牢牢地卡在腰上，无法脱身。大家笑得前俯后仰，还是本组队员共同合作，才帮他成功从圈圈里挣脱。我们可爱的校长提着两只粉红色的小桶健步如飞，与他健壮的身材搭配，极具喜感。

"亲子同步走"游戏有很高的技巧性，既考验两个人的默契度，又考验身体的协调性，还要看速度。由于难度大，比赛时队员姿态各异，状况百出，笑声不断。最后一项"欢乐抱抱抱"，看哪个年级组在汽车轮胎上站的人最多。一年级组首先上去两个重量级人物，第三个队友刚踏上去，就将轮子踩翻了，引起一阵哄笑。我们年级组最终站上去七个人，夺得了第一。

整个活动大家从头笑到尾，一个个脸上荡漾着开心的笑容，似又回到了无忧的童年，哪还有平时的端庄矜持！愿我们童心永存，愿快乐永伴！

错过，就别回头

我一直以为，时间会在你我之间画上一个圆圆的句号，也坚信你我终将成为一则爱情故事中的主角，并且在新的缠绵、离别中淡忘彼此。

然而那一刻，我做梦都没想到，电话那端竟是久违的你。隔着时间长长的纤手和那根绵延不绝的电线，我仍感觉出你淡淡的问候中有一脉难以割舍的关怀和牵挂。曾经的英俊少年从我心底悄悄探出头来并渐高渐大，原本淡忘的许多点滴也在这一刻纷至沓来，猛烈敲打着我的心弦，激起一股浓浓的暖意。当你将自己的不舍通过电话真切地传递到我耳中时，我蓦然回首，惊觉你在人海浮沉中渐行渐远，而我已是另一出爱情故事中不可更改的女主角了。我紧握电话久久无语，歌已唱绝，弦已断裂，此时我只可以沉默作答。你终于寂然无声，发出一声长长的叹息，如秋风拂竹后的余音在耳边久久缭绕……我怔怔地轻轻放下了电话。

独自漫步在霏霏雪花里，任雪封存我满怀的初恋情诗，然后带着一身轻松，第一次与丈夫相携，徜徉在冬日相思林里……

往事，在秋风中飘落

若不是早晚习习的凉风，我一定以为还在盛夏。已过白露，中午的阳光依然火辣辣、白亮亮，晃得人睁不开眼。

公园里高大的香樟仍有新芽萌发，翠生生的绿。所有的绿植经过人工浇灌，依然青绿通透，看不出岁月滑过的痕迹。

天空如水洗般纯净，蓝得让人心醉；云朵白得无瑕，自在舒展，去留无踪，恰似我此刻不染纤尘的心，纯真美好。

就喜欢这样晴好的日子，喜欢空气中弥漫的阳光味道。天晴，心就不会潮湿；阳光照着，心就会永存希望。这个夏季，虽有虚惊一场的病痛煎熬，也有莫名的误解、冤屈，但因了小情绪的妥帖安放，心的花朵在这个季节仍开得枝繁叶茂，迤逦成一行行唐宋风韵。

身心更是恋上夏天这个季节，尽情感受热情火辣的温度，就连隔着冰冷屏幕的话语亦带着令人欢喜的温暖。好想把流年所有的慌乱和漂泊搁浅在这个季节深处，然后用一份执念将这个季节挽留为地久天长。

然而，不是每一个欢喜都会为你驻足停留。交替的四季如跌宕起伏的人生，不可能永远是花枝鼎盛的夏，也不可能永远是万物凋零的冬。因了冬夏的交替，才有了四季不同的旖旎风光。

　　人生，不可能总是春风得意，居于巅峰；也不可能永远失意，处于低谷。起起伏伏，尝尽五味，才是人生的本来过程。

　　没有任何征兆，雨在这个黄昏突然落在秋的途中，穿过窗外孤寂的檐下，打在落满心事的芭蕉上，一声声敲打着无眠的漫长秋夜，凄清伤感。"点滴芭蕉心欲碎，声声催忆当初。"初见的点滴穿过记忆的长廊纷至沓来，在心底散发着耀眼的光芒。

　　风应着雨的邀约如期而至，拂过发际使人感到深深的凉意。秋的到来让人猝不及防，昨日葱茏明艳的绿，昔日枝头鼎盛的红，仿佛一夜之间被风吹老，转眼黄迹斑斑。一片片，一瓣瓣，携着浓浓的花香，带着淡淡的忧伤，飘落在风雨中，散失在流年里。一季的繁花转瞬惊落，徒留一地凉薄。

　　雨随秋风飘落，花随冷雨凋零，心随落花婉转。誓言被风吹散，背影被雨打湿，那些沉重不可言说的心事，在风雨中静默。

　　缘分如斯，从来不会顺风顺水。在熙熙攘攘的缘分渡口，注定会遇到爱情、友情。在这里，有喜、有悲，有笑、有泪，唯独没有永恒。

　　总有一些人，会成为我们生命中的过客，我们也会成为别人生命中的过客。到底谁会成为谁的谁？其实谁也不会成为谁的谁！正如徐志摩在《偶然》中所写的："我是天空里的一片云，偶尔投影在你的波心——你不必讶异，更无须欢喜——在转瞬间消灭了踪影。"

　　更多时候，一段感情的结束，只是一个转身，便是山高水远。从此，即使近在咫尺，心已远在天涯。总怪罪时光的薄情，其实更薄情的是人心。很多时候，很多事情，并不需要交付漫长的时间来验证，只需一句话、一个小小的动作即可。一直以来，我们高估了自己，以为曾经喜欢的人会让我们心心念念、刻骨铭心，却未曾料到还未彻底转身，已是时过境迁，沧海桑田。

"年年岁岁花相似，岁岁年年人不同。"那些重叠的深厚岁月，终抵不过一个误解。一根玉簪从二人中间轻轻划过，成为不可逾越的天堑。从此，一个此岸，一个彼岸，把曾经的两两相望，站成了两两相忘。那些错过的风景、走失的人，不复再现。即使再见，已是今花非昔花，此人非故人。

总是感叹蝴蝶，明知飞不过沧海，抵达不了彼岸，还是那么执着；总是惊于飞蛾，明知前方只是虚幻，结局是香消玉殒，却依然奋不顾身。不知该庆幸，还是该悲哀，我们不是它们。经历了生离死别，看惯了悲欢离合，面对生命中来来去去的缘，不悲不喜，拈花浅笑，云淡风轻，坦然接受我们生命中的春夏秋冬。

秋已老，妖娆的春夏已成记忆。那些青葱丰盈的往事，枯瘦成秋风中的落叶，斑驳陆离，最终了无踪影。含笑行走在红尘陌上，内心依然是清风朗月，一片明媚。

阿黄和豆豆

家里断断续续养过不少狗，但我只记得阿黄和豆豆。

阿黄是一只高大健壮的土狗，一身黄色的皮毛，三角眼，黑嘴巴，鼻子湿润油亮，非常漂亮。

家里养狗主要是看门户的。那年月，虽说家里没啥值钱的，都是些破铜烂铁，但正因为都穷，小偷小摸的人特别多。夜间不是丢了几块石炭，就是丢了几根葱；不是丢了两捆柴，就是丢了一只鸡……其实都是万般无奈，为了家里的几张嘴。

阿黄非常有责任心，稍有一点儿动静就狂吠不已，搞得路过的人都有些不好意思，小偷更不敢靠前了。

阿黄刚满月就来我家了，那时我还很小，陪伴阿黄的时间最多，所以和阿黄感情非常深。白天，阿黄几乎是我的尾巴，我走到哪儿它就跟到哪儿。偶尔有点儿肉，我一定会省一口给阿黄。阿黄有情有义，懂得我的好，对我更是忠心。

有些动物天生就是"美人坯子"，虽然生活条件不太好，阿黄还是迅速长成一只帅气健壮的大狗，毛发富有光泽，一点儿都不像营养不良的样子。每天放学，阿黄都会在村口接我，看见我就摇着尾巴跑过来，用身子蹭我的腿跟我撒娇，有时挤得我没法走路。上学时自然要送一程，直到我让阿黄回去，它才快快地站住，恋恋不舍地看我远去。

没事的时候，我会偷姐姐的毛线、母亲给我们做衣服剩下的花布来打扮阿黄，给它扎两排"刷子"，系上花布当作头花。阿黄一声不吭，任由我摆布。扎好后，看着满身花花绿绿的阿黄，我忍不住哈哈大笑，笑得它莫名其妙。我拿来镜子让阿黄看，阿黄先是一愣，接着对着镜子"汪汪"大叫，明显对它的这种打扮不满意，在抗议。我就拍拍阿黄的头，安慰道："别吵了，其实换个发型也挺好的。"阿黄没办法，过一会儿也就忘记了。

小时候我爱哭，加上淘气，经常挨打，哭的次数就更多了。每次伤心时哭，我喜欢蹲在鲜有人去的房后墙脚。这时阿黄一定不开心，坐在旁边陪着我，看着我哭，头离我很近很近，似乎想安慰我。只要我不走，阿黄绝不会丢下我独自去玩。有几次，阿黄明显想去玩，在原地转来转去，望望我，望望四周，再发一会儿呆，见我没有走的意思，又不好意思丢下我独自去玩，只好耐着性子重新坐下。阿黄的那个表情，我现在都记得。等我哭够了站起来，阿黄也站起来，一副如释重负的样子。我刚一迈步，阿黄撒腿就跑，转眼间没了踪影。

后来，我上了中学，功课越来越紧，没有时间陪阿黄，它和我渐渐疏远了。阿黄经常不在家，我不知道它是不是恋爱了，找它中意的狗去了，还是散步或找其他玩伴去了，总之不在家，晚上回家也很晚。

有一天下午放学回家，母亲告诉我，阿黄被火车撞死了。当时我"哇"的一声大哭起来，心里难受极了，很长时间才从失去阿黄的痛苦中走出。

后来，家里断断续续又养了几只狗，好像时间都不长，我没有多少印象，直到豆豆来我家。

豆豆是小型黑色宠物犬，非常聪敏漂亮，长长的毛有点儿卷曲，像几年前流行的"玉米须"，遮住了一双又圆又亮的大眼睛。那时父母年事已高，我经常回娘家看望父母，第一次和豆豆见面，它似乎就知道我是家里的主人，对我特别亲热，又是摇尾，又是抱腿。看到豆豆的机灵样，我一下子就喜欢上了它，随手给它取了一根火腿肠，它便开心地躲在一边独自享受去了。从那以后，只要我回去，豆豆就特别热情。有时下雨，豆豆的爪子都是脏的，也不管不顾地向我扑来抱我的腿，然后急着回去向家人报告。常常跑两步，豆豆嫌我慢，又回头接我，兴奋得不得了。狡黠的豆豆会偷偷地望着我的包包，看有没有好吃的。有时给豆豆说走得急，没有买啥吃的，它等了一会儿，见果真没有吃的，就有点儿失望。

豆豆是个跟屁虫，除了哥哥出车，只要看到有谁可能要出门，它就先出去等着。我们上街、下地干活，豆豆都会跟去。有次家人都去田里割麦子，出门时豆豆没看见他们，等它看见时，他们已过了公路，豆豆胆小不敢过，就在公路这边边追边叫。侄子知道不让豆豆去是不行的，就过来接它，把它放在背篓里背着。豆豆这下安静了，趴在背篓边上东张西望，掩饰不住满脸的好奇。下了地，大人忙着割麦子，豆豆忙着在田里捉蝴蝶、捉虫子，看它那无忧无虑的开心样子，真让人羡慕。豆豆玩累了，就在树荫下卧着休息；热了，就在旁边的小沟里洗个澡；饿了，就"汪汪"地吵着要吃的。

大姐和哥哥家离得很近，是一前一后的邻居。豆豆似乎知道两家是亲戚，在大姐家同哥哥家一样自由、霸道，只要听到谁家到了饭点挪桌子的声音，豆豆便会"嗖"的一下极其敏捷地跑去。若有其他狗狗去了，它会目露凶光，龇牙咧嘴狂叫，直到把对方吓跑为止。

豆豆越长越帅，爱上了斜对门家的一只狗。我没见过那只狗，据嫂子说，全家人都觉得那只狗又丑又笨，配不上我们家的豆豆，就坚决不同意。但"情人眼里出西施",人家豆豆很满意,家人就百般阻拦,不让它们见面。若豆豆的恋人找上门来,家人就会残忍地将那只狗拒之门外,不让它们见面,希望以此断了豆豆的念想。真正的爱情从来不会被外界所左右。豆豆聪明,你不让去,白天它就做个乖宝宝,不去就是了,然后等你半夜放松警惕,就在夜色的掩护下偷偷去见它的恋人。

一个冬天的早上,哥哥他们起床后发现豆豆被车撞死了。哥哥说,大约5点听见公路上有刺耳的刹车声,估计那会儿就是豆豆出事的时间。家人都很难过,也很后悔。几年来,我们早已把豆豆当作家里的一员了,早知道这样就不管它了,爱喜欢谁就喜欢谁。结果,豆豆为了一份真爱,付出了沉重的代价。

从此,家里再也没养过狗,可我还是会时常想起豆豆,想起它的爱情。

岁月絮语

时光不经意间从指尖划过，一晃已到了 8 月。这个夏天，太阳不知疲倦，毒辣辣地炙烤着大地，丝毫没有退热的意思。蝉不分黑天白日，在枝头声嘶力竭，"知了知了"地叫着。花草蔫蔫地耷拉着脑袋……太多的迹象向我们昭示：时间已在这个季节凝固。

转身，田野里的玉米当初碧绿润泽的外衣早已变成黄色，是那种生命由鼎盛转向衰败后的枯黄。曾经像母亲夹在书页里精心保存的上好丝线一样滑溜溜、油亮亮，青绿或紫红，根根笔直的玉米胡须，不知何时已经干枯卷曲，刻着岁月的沧桑。稻子黄绿相间，已谦逊地低下了高傲的头颅，若不是今年有个闰月，稻子已是一片金黄，主宰了大地的色彩，铺满了时光的长廊。天空似乎高远了许多、蓝了许多，云彩明显少了厚重感，略显几分单薄。细听蝉声，和盛夏时是有所不同的，那时的声音圆润通透，有一点点骄傲，此时干涩生硬，带着穷途末路时的绝望挣扎。这些都在不经意间向我们宣告，季节已改变了模样。

原来一切都是错觉，时光从未停下过前行的脚步，而苍老的何止是

140

田野里的庄稼，一定还有我。开始走形的身材，越来越差的睡眠，迅速衰退的记忆力，还有那个以前像橡皮糖一样成天黏着我的小丫头，什么时候羽翼已丰，展翅高飞，而我成了守巢的人？

左手得到，右手失去。有时候，看似收获了，其实意味着结束；而有些结束，意味着重生。就像春花谢了还有再开的时候，小鸟去了还有再来的时候，一茬一茬，生生不息。然而，逝去的日子，远去的缘分，年轻的容颜，却再也不复返了。

一切都悄无声息，不知不觉。谁能说出秋叶是哪一天变黄，夏花是哪一天凋谢，我们是哪一天长大成人，又是哪一天衰老的？

夜半，有雨敲打我的清梦，声声入耳，再也难眠，心里一声轻叹：雨，终是来了。我索性披衣起床，一边欣赏城市在雨夜里安详酣睡，一边听雨从心田穿过时的"嗒嗒"声，纷繁杂乱。我打开桌上的电脑，将斑驳的思绪通过冰冷的键盘凝结成活色生香的文字，将漂泊的心灵在此安放、滋养。

不是不知，炎热的夏，终会迎来寒冷；旺盛的生命，终会衰老；再深的缘分，也一定会走远。当真要面对时，还是有些慌乱，不知所措。风明显带着凉意，沿着风来的方向转身回眸，岁月已沾染了苍凉，而有些人和事依然在记忆深处嫣然含笑。

依着木槿花开的地方，捡拾初见时的欢喜，深秋黄昏的晚霞暖暖地洒在双肩，将那枚最红的枫叶贴于心间。那一天，月亮又大又圆，早早爬上了柳梢，如水般清澈，不知和千年前的月亮是否相同？我知道，那轮圆月一定染醉了许多有情人的情怀："愿我如星君如月，夜夜流光相皎洁。"后来才发现，最动听的情话不是"我爱你"，而是"你吃了没，没吃的话，我给你做"。貌似平淡无味的废话，却是供养爱的最好养分，只是在琐碎的日子里，不得不落下凝重的一笔，结尾平添了几分彻骨的薄凉。

如果爱情像夏日里的风雨，飘忽不定，难以捉摸，那么，友情应该像和煦的春风，绵长久远。然而，即使曾经同吃同住，彻夜倾心交谈，一起携手走过风雨飘摇的青春，那么多重叠的光阴，还是抵不过似水流年。再见，似乎什么都不曾发生，有些人于你而言就是普通的路人甲而已，没有了交谈的欲望。

无意间瞥见在键盘上飞舞的十指蔻丹，你便从指尖缓缓走出。似乎还是那年盛夏最热的中午，你穿过整座城市，将一包凤仙花送给我。问你是哪里得来的，你说做了一次"小人"，我笑着说，你就不怕被人抓住？你说，看我那么喜欢，就顾不了那么多了。现在想想你当时满头大汗的样子，心里依然会感动。只是那样的友情，不知何时搁浅，再也回不去了。

久远只是一厢情愿。缘分路上，不知有多少人就这样走着走着，淡了，散了。旧年里，落花不知飘在何处，沉寂的往事已沉香暗锁。那些爱与不爱、在与不在、欢欣与痛苦，都会在心中妥帖安放，然后在岁月中慢慢老去，最终了无痕迹。

飞舞的橡皮筋

生活中许多事情都如过眼烟云一般转瞬即逝，但有一些并不起眼的小事却使人难以忘怀，并从中大受教益和启示。

有段时间，我因工作、家庭中的不顺之事感到沮丧、痛苦到了极点，于是我第一次置女儿于不顾，含泪离开了家门。

下了火车，我才想起该往哪儿去呢？我独自在大街上毫无目的地漫游，走到安康行署门前，不由自主地站住了，只见一个十来岁的女孩与一个四十多岁的男子在跳皮筋。那皮筋一头绷在椅子上，一头绷在男子的腿上，女孩跳得很认真、很起劲。男子一直微笑着看那女孩忽上忽下地翩翩起舞，神态极为安详、雍容，脸上居然显现出圣母般的光辉来。我看痴了，眼前这个年龄大我近乎两轮的男子，我坚信他在人生旅途中也曾经历过许多的失落和痛苦、艰辛和磨难，或许有着更为不平常的经历，但他把人世沧桑印记在额头深深的皱纹里，依然能够保持一份浪漫的心态含笑生活在红尘之中。我却不行，虽然拥有年轻的容颜，心却如同穿越世纪的苍凉老妇人。冬去春来，假如我到了他那样的年纪，心态和精神会苍老到何等地步呢？我越想越害怕，越想越不敢往下想。的确，我这点儿挫折算得了什么呢？我应该有更多理由拥有比他更多的快乐，有句话说得好："再长的路都有尽头——千万别回头；再沮丧的心都有希望——千万别绝望。"更何况我远没到这一地步。想到这些，我豁然开朗，情绪也被他们感染了，脸上情不自禁地流露出喜悦之情。

后来的日子，尽管依然有家庭矛盾，有工作上的不顺，甚至支撑我精神世界的宝贝女儿因环境所迫，不得不离开我的身边，但我一想到那与女孩跳皮筋的中年男子，我的心里便升腾起无限美好的希望，就会以达观的心态平静地看待这一切。

母亲，从十月中走来

你来了，母亲。

你抱着婴儿，带着刚刚分娩的苦痛，从遥远的天际走来了。

你历经千山万水，带着微笑，从刚刚收获的金秋十月中走来了。

你踏着晨露，带着黎明的曙光，从黑夜中满怀信心地走来了。

哦，母亲，你为了儿女能够独立、自由，不再遭受他人的凌辱、践踏，你扯起缀饰镰刀和五星的旗帜，裹住往日留下的累累伤痕，带着四万万儿女，推着古老破旧的独轮车，从沼泽地、泥淖里、森林间、荆棘中，艰难地开辟通往幸福的理想之路。

你不畏千辛万苦，在风雨中不懈地寻求着，步履维艰地跋涉着，满怀希望、信心百倍地一路唱着、笑着……

然而，母亲，我是见过你哭的。当你的儿女遭受别人欺凌的时候，当你的儿女穷困不堪、饥饿难耐的时候，当你的儿女自相残杀并亲手撕裂你未愈合的伤口的时候，我看见了你痛苦的模样。母亲，就在你经历了三年的饥劳贫寒，十年的精神蹂躏之后，你年轻的容颜便罩上了一抹成熟的风韵。

我年轻的母亲，你带着六十九载探索的辛酸和十三亿儿女的希望，在金秋十月中风尘仆仆地走来了。

你不再推着破旧的独轮车，不再纤弱怯懦。你干瘦贫瘠的土地变得丰腴肥沃，荒芜的沙洲变成绿洲，荒凉的土地上拔起了一座座现代化大楼。你佝偻的身躯已挺立起来，巨人般挺立在世界的东方。

于是，在可燃冰试采成功的时候，在弹道导弹技术独步全球的时候，在特种隐身技术和超材料技术领先世界的时候，在流浪了多年的游子回到你怀抱的时候……母亲，你笑了，祥和的脸上绽放出无比灿烂的笑。

母亲，当南国的海风拂去你眉间的忧郁，当早晨第一辆列车载着你忙碌的儿女，你更加自信了。旭日下，你的脚步是那样沉稳、坚定，你前行的背影越来越高大……

第六辑　乡愁亲情

半生缘，一世情

时光像一个苦行僧，从未停止过前行的脚步。严寒中，一声暖暖的叮咛，让我蓦然惊悟：当年那个咿咿呀呀、云雀一般欢快的小丫头，早已长成亭亭玉立的大姑娘了。

时逢小雪节令，似乎除了安康市，周围到处纷纷扬扬地飘着雪花，使人感到彻骨的寒意。打开手机，女儿的信息蹦了出来："妈，天气寒冷，你们多穿点儿，注意保护身体。"此时惊觉，时光让女儿成长的同时，也给我带来了沧桑。

不知从何时开始，我害怕参加婚礼。婚礼上，当看到有情人终成眷属，一对新人幸福甜蜜结合的时候，我总会想到为父为母好不容易把女儿养大成人，转瞬间却挥手告别，她转身踏进了别人家的房门，心里几多难受，几多失落。每每听着主持人煽情的话语，我总是现场哭得最厉害的那个人。后来，想念和回忆成了让我感到最幸福的事情。

与女儿相处的点点滴滴，如版画一样深深地雕刻在我的脑海里。我想，那时一定是我今生最为快乐的一段时光，尽管也是我最辛苦的日子。

我不知是庆幸还是愧疚，虽然视女儿为珍宝，却未能使她享受像其他孩子那样时刻被大人宠爱着的待遇，相反，我对女儿的要求很严。从她能走路起，摔跤了必须自己爬起来。四岁起，女儿的鞋子烂了，得自己去街上修补（我们住的农村小镇没安全问题）。女儿的手绢脏了，须自己动手洗干净。吃饭的时候，别的孩子把喜欢吃的放在自己面前，不管他人的行为，在女儿这里是绝对不可以的。所以，这样养成了女儿坚强、独立的个性。

女儿三岁时，有一天晚上我和她一起泡脚，将一壶已经有些烫手的热水放在一边，待洗脚水凉时好添加。再次续加时，女儿可能觉得好玩，突然将小脚丫伸到水下，然后"啊"的一声急忙躲开。我当时吓傻了，没想到会这样，幸好不是开水，但女儿娇嫩的皮肤还是烫红了。我心里难受极了，一边给女儿抹治烫伤的膏药，一边自责着："都是妈妈不好，太粗心了，才让宝宝受疼。"女儿不但没哭，反而安慰我："妈妈，不要紧，过一会儿就好了。"那晚，乖巧的女儿虽然未吭一声，但小脚疼得不停地动。半夜，我轻轻喊了一声："波。""嗯。"女儿轻声应答。"是不是很疼？""是的。"我心里愧疚极了，陪着女儿一宿未睡。

那年夏天，女儿的奶奶住院，女儿每天冒着酷暑，来回九次往返于家里和医院给爷爷奶奶送饭，就这样坚持了整整 40 天。街坊邻居、单位同事无不对女儿交口称赞，那时女儿刚满三岁，还要爬近百个台阶。

我和女儿既是母女，又像姐妹。周末，两个人赖在床上，起初嘻嘻哈哈玩笑不断，到了后来，玩笑慢慢变味，开始翻脸。再后来，你踢我一脚，我还你一下。最后，两个人生气地起床了。一会儿，女儿又开始喊："妈，我们早点吃什么？我去买。"我故意说："别喊我，你想吃啥就吃啥。"女儿嬉皮笑脸地说："咦，咋这么小气，你是我妈，我不喊你喊谁？"

最有意思的是女儿和我抢衣服。青春期的女儿，除了思想上力争

"断乳"、独立外，其他方面也在向成人靠拢，喜欢装出一副小大人的模样。有一次，我买了一条牛仔裤，女儿看上了，便说要借去穿。可能是岁月忘了在我身上刻划痕迹的缘故，我虽近不惑之年，身材依然纤细。想到上次，她把我的裤子穿了一次就不要了，我却无法再穿，白白浪费。这次我就说什么也不答应，女儿便抢先拿了藏起来，我便抢。两人争执不下，老公在一旁开心地看热闹。最后，还是老公做工作，答应给她买新的才作罢。

新事物永远是孩子接受得最快。刚流行网络那会儿，老公问女儿："波，QQ怎么申请？"女儿随口答道："别申请，社会复杂着呢，网上坏人多得很，别被人骗了。"我"扑哧"一声笑翻了，这是十二三岁的孩子对40多岁的父亲说的话吗？

想想那时候，女儿像一只好斗的公鸡，随时向周围比她强大的人和事挑战，首当其冲的自然是最具权威的父母了。面对叛逆期的孩子，我极为头疼。父母总是将自认为最好的东西送给儿女，包括过往经验，希望儿女少走弯路。恰恰，青春期的孩子最不领情。有时，女儿怕我不知成长期的痛苦，告诉我："青春期就是这样，过了14岁就好了。"那就耐心等待女儿成长吧。

去年搬了新家，女儿有个快递写的还是以前的地址。这一天快递到了，老公下了班，女儿一下子冲上去，赶忙把他的拖鞋递上，说："爸，你辛苦了！我好爱你，你爱我吗？你要是爱我，我给你一个机会，你去朝阳小区（旧地址）把我的快递取回来（我和女儿都不会骑车）。"老公乐滋滋地取回了快递。

送女儿去郑州大学报到，在美丽的大学校园，临别时看着女儿逐渐消失的背影，我深知今生我们陪女儿朝夕相处走过的路已到此结束，从此女儿生活里的主角不再是我。在这里，她将插上飞翔的翅膀，在更广阔的天地遨游，离我越来越远。再见她，将需要漫长的等待。泪眼中，我的脑海里浮现出龙应台的那句话："我慢慢地、慢慢地了解到，所谓父女母子一场，只不过意味着，你和他的缘分就是今生今世不断地在目送他的背影渐行渐远。你站在小路的这一端，看着他逐渐消失在小路转弯的地方，而且他用背影默默告诉你：不必追。"

的确，女儿越来越忙，每次打电话，她不是在自习室，就是在图书馆，声音尽量压低，简单两句就匆匆挂断。发送微信，通常她回复的时候，我早已入梦。我知道，女儿很努力，是想飞得更高更远。不管女儿成功与否，她的羽翼渐丰，离我们终将渐远。作为父母，我们既欣慰又不舍，但不管如何留恋，唯有心底默默祝福：愿你一生平安！

孩子，上天是不会亏待你的努力的

我一直相信：一分耕耘，一分收获。人生路上，你所走的每一步都算数，上帝是不会亏待每一个努力的孩子的。

一天下班，我刚出单位大门，突然接到女儿的电话，她欣喜地告诉我："妈，考研成绩已出来，我考上了！"我激动不已，还有什么消息比这更令人振奋呢？多日来悬着的心终于可以放到肚子里了。

前几天，复试第一场的笔试结束后，女儿用微信告诉我："笔试考得很差，评论没写好，标题是病句，没讲清问题，应采取的措施没写，字数也不够，肯定考不上了。"我一听，心凉了半截，不敢把我的不良情绪传递给她，安慰道："没事，考完了就不要想。题难都难，不是难你一个人，只要尽力了，没留遗憾就行。何况不管什么事，没到最后，下结论都为时尚早。"女儿说："我已尽力了，考不上的话，说明我真的不行。"我怕女儿真的对自己的能力产生怀疑，以后做事采取消极态度，赶忙说："也不能那样说，一次考试说明不了什么，而且存在着很多偶然因素，没啥大不了的。想上呢，最坏的结局是明年再来一次；不想上呢，你就工作呗。后面还有面试，你休息一下，好好准备面试。"女儿爽快地答应了，然后说要去复习了。

两天后，面试结束，女儿告诉我面试感觉不错。虽然我向女儿表示了祝贺，但我并没有抱太大希望。没想到昨天下午，女儿才从广州回到学校，今天结果就出来了，真的是意外之喜。

对于那些从小生活在城市里、家庭环境优越、拥有优质教育资源的学生来说，考研如同中考、高考一样，只是一场考试，再上一个台阶而已。但是，对于一个从小生活在农村、小学只能在大山深处的农村就读、在更偏远的山区参加工作的我来说，孩子能考上研究生，我已是很满足、很欣慰。

想来总有些惭愧，那时经济条件、工作环境都差，我没能给孩子提供更好的教育环境。不用说各种兴趣班，女儿所在的学校连平行班都没有，学习上所谓的好，只是"山中无老虎，猴子称大王"而已。我们单位没有与女儿同龄的玩伴，平时女儿要么自己一个人在院子里玩过家家，要么就是看闲书，没有太多的娱乐活动。直到十岁，女儿才随老公工作调动进了城。

女儿在学习上既不特别刻苦，也不十分懒散，成绩始终保持在中上游水平。周围的同学十有八九报有辅导班，我问女儿报不报，她回答两个字"不用"。

假期，如果女儿不和同学聚会，就在家里看喜欢的闲书。通常是我在客厅看，她在卧室看。有时，我会大声问："吴同学，你在干什么呢？"女儿大声回答："我在看书。""好啊！颜值不够书来凑，人丑就该多读书。"女儿立刻回敬道："说的是你吧，我是秀外慧中。"

高考时，女儿在文综科目上发挥失常，和平时成绩差距很大，没能进入理想的学校。去年暑假时我们闲聊，女儿说："那时人小不懂事，没有好好努力真是后悔。不过，我会努力跨专业考研的。"

在就业压力大、研究生缩招、考研人数上涨的大背景下，在报考时我建议女儿报专硕，但她还是遵从自己的内心选择了学硕，因为她还想读博。

当女儿备考时，看着那么高的一摞摞书，我真的有些畏怯，能看完吗，能记住吗？我忍不住问："咋这么多的书？"女儿说："那可不，要看十年的。"女儿一副无所畏惧的神情。

我不知道女儿是怎样分身，既不误大学的课业，又看完了那些让我望而生畏的考研书的。看女儿那么辛苦，我想让她报个考研辅导班。当我把这个想法告诉女儿时，她说："是不是又在外面听谁说什么了？别信那些，那都是骗钱的。"这使我想起女儿上高三时，我想给她报个班，希望高考时能对她有所帮助，她也是用同样的话回复我的。

从小到现在，女儿没上过任何辅导班，没让我们多花一分冤枉钱。她用不懈的努力实现自己的人生理想，没有辜负自己，没有虚度青春！是的，上天是不会亏待每一个努力的孩子的。

来世，再续一段母女缘

时间太窄，指缝太宽，转眼已是母亲的三周年祭日。可我一直不相信母亲会舍得离开我们一人去那冰冷的世界，我更愿相信母亲是因为太累而出远门清闲一阵子，依然会回到我们身边的。

怎么这么久啊？最近这半年，我们连在梦里相见的机会都很少，听人说"日有所思，夜有所梦"，我明明每天都有想你的啊！

或许是因为我在两岁左右经历的那场刻骨铭心的离别吧（我差点儿被送人了），我好黏母亲、好哭的程度到了令人生恨的程度。那时不自知，现在看看那些不省心的小孩，就明白自己当年是怎样不招人待见了。可是，没谁知道，我心里怕啊！我怕一觉醒来再也见不到妈妈，我怕一次别离就是天涯海角，今生永难相见。我唯一能做的就是寸步不离地紧跟着母亲，不让她离开我的视线。幼小的我唯一的武器便是号啕大哭，谁的话都不听，任何好吃好玩的都代替不了母亲，心里只有一个念头：我要妈妈！因为实在太烦人，所以，不论母亲是下地干活，还是走亲访友，父亲都会让母亲带上我，我终于如愿以偿，成了母亲的影子。

后来，我上了学，每次放学回家，人还未进屋就在外面大声叫嚷："妈——妈……"若母亲答应，我便心里踏实，安静地写作业；若母亲不在，我就放下书包，房前屋后、左邻右舍地寻找母亲，直到找到为止。为了不被再次送人，我在母亲面前表现得相当听话、乖巧。母亲本来善良，对子女都很疼爱，可能也心怀愧疚，对我更是疼爱有加，我对母亲的依赖就非同寻常了。

记忆中，母亲身体一直不好，常年药物不断，还是不能停下来歇息。在农村，女人和男人一样要下地干活，像洗衣做饭、挑水养猪、缝衣做鞋是女人分内的事，不算活儿的。所以，母亲白天里里外外忙了不算，晚上继续熬夜。特别是漫长的冬季寒夜，我常常一觉醒来，母亲还在昏暗的煤油灯下"嘶啦、嘶啦……"地拉着鞋底，微弱的灯光闪烁不定，映照着她的脸庞，格外温柔亲切。一大家子的穿着全靠母亲这样一针一线地做出来，母亲的针线活儿在全村出了名，做出的鞋上脚好看，经常有出嫁女子请母亲帮忙做陪嫁鞋，或是给刚出生的小孩做虎头鞋。

每到年关，是母亲最难熬的时间。不说年货，单是姊妹几个过年的衣服（一年只有一身衣服，年底时衣服都破了），已让母亲倍加头疼。记得那年腊月二十，大雪纷飞，眼看就要过年，我们姊妹的衣服还无着落，母亲只好提了几斤粉条去卖。天寒地冻，街上的行人少极了，偶尔有人停下脚步，给的价钱又太低，母亲卖不下去。我陪着母亲，眼巴巴地看着过往行人，希望能有好心人给个好价钱把母亲的粉条买去。那个场景现在想来，我仍心酸不已。

实行土地承包到户后，政策活泛了许多，母亲开始养蚕。别人一年养两季蚕，母亲养四季蚕。春季最好养蚕，产量高，母亲就养得多。尤其是蚕子四眠过后，食量猛增，母亲几乎整天待在蚕室侍弄蚕子，半夜还要起来给蚕子再喂一次桑叶。直到雪白的蚕茧下架，换回花花绿绿的钞票，母亲的脸上才露出笑容。我们姊妹这时最开心，因为母亲会让我们自己挑选布料，做一身新衣。记得裁缝店的女裁缝经常说："你妈太能干了，你们姊妹多，换季时都能让你们穿上新衣服，真的了不起。"的确如此，周围没有谁能像母亲一样勤劳，让一家老小穿戴齐整。

母亲一生太苦了，拉扯大我们姊妹五个已属不易，还要帮我们带孩子。母亲先是带哥嫂的两个孩子，接着是远在千里之外的新疆二姐的孩子，等到我的孩子出生时，母亲已年过花甲，还给我带了两年的孩子。

随着母亲一日日衰老，她的双翼再也无法为子孙遮风挡雨，孩子们也羽翼渐丰，一个个离她而去。可我们只顾自己的工作、小家庭，谁也没有留意母亲衰弱的身体、孤寂的心灵、落寞的眼神，她更需要子女的关爱和保护。我们更没有想过，她精神上对儿女的强烈依赖。

现在，一想到母亲在病中那留恋、期待的眼神和枯瘦的身形，我就泪如雨下，心痛不已。那时，母亲已抱病卧床，生活不能自理，我每周回去看她，都会问："妈，想我吗？"母亲说："想嘛。"我走时去打招呼："妈，我要走了。"母亲便挽留："再待会儿。"我说："悦波上学，回去给她做饭。"母亲说："噢，那你啥时再回来？"……后来才明白，母亲简短的话语后面是对儿女深深的眷恋和不舍啊！

母亲走了，我心中的家轰然坍塌。那时，一遇烦心事，我就会去找她，即使什么都不说，静静地坐一坐，心里都会得到抚慰。而今，我心如江中漂月、雨中浮萍、风中落叶，无处归依。这时我才知道，自己失去了什么。我真的成了无依无靠、没人疼爱的孤儿了，今生再也不会有谁像母亲一般爱我了。

母亲一生总是在付出，没有要求回报。尤其是我，是不是太过让她伤心和失望？所以，她在奈何桥上向孟婆多讨了两碗汤，要忘掉今生所有的一切，就连梦中也不给与我相见的机会。

可我也听说过，也有在奈何桥上不喝孟婆汤的，只是要遭受很大的痛苦，一般人难以忍受，所以都选择了喝。尽管我这一生痛苦多于幸福，但我宁愿选择不喝孟婆汤，不为别的，只为来世，再与母亲续一段母女缘。

来生，我还做你的女儿

曾经，我最幸福的事莫过于能甜甜地喊一声"爸爸"，然后坐在小凳上对父亲絮絮叨叨地讲一些不咸不淡的芝麻琐事。可惜，我再也没有这样的机会了。

一直认为，父亲就是一座巍峨的山，可以为我遮风挡雨；只要有父亲在，什么困难我都不用怕。这些年来，我只是一味地享受父亲的庇护和付出，却未曾去想再坚强的身躯，都会被无情的岁月风化侵蚀。等到惊觉时，父亲已垂垂老矣，如同即将熬干的一豆烛光，在最后一刻还在拼命地燃烧自己，用微弱的余光照亮子孙。

提起父亲，我脑海里的画面总是定格在昏天暗地的雨幕中，并不伟岸的父亲一身泥水，背着沉甸甸的桑叶，步履蹒跚地行走在回家的途中；或者是冽风或炎日下，父亲在田间地头干着永无止境的繁重农活。姊妹们慢慢长大后，懂得了心疼父母，总想帮父亲减轻一点儿负担，而父亲总是说："这点活儿，我一人就行，再说你们干不了！"其实我知道，父亲是想将自己从小未曾享受过的爱，全都加倍地补偿给我们，让我们尽情地品尝爱的滋味。尽管父亲从未向我们提及他酸楚不堪的童年，也未曾对我们说过一句较为亲近的话语，但是我知道父亲已倾尽所有，将他能给的毫无保留地给了我们。

我成家后，每周回去看父亲，他总是在忙着，让他歇息一下，他却说闲了会生病。给父亲买的吃的、喝的，他总是自己舍不得吃喝，能给孙儿的就给了孙儿，像茶叶、酒之类的，有的竟放过期也舍不得喝。父亲明明是喜欢喝茶的呀！每每临走时，父亲都会说："下周就别回来了，你忙你的吧。"但当我再回去时，父亲又是那么开心，忙里忙外张罗着，让母亲给我们弄吃的。父亲喜欢和我拉家常，听我讲工作上的事和家庭中的事，这是希望我工作能够顺利，家庭能够幸福啊！后来，听大姐说，我在城里求学时（那时一周上六天课），一过星期三，父亲就会每天问大姐，今天是星期几？等到了周六，父亲会一整天显得心不在焉，特别是下午，就不再干活，站在院坝边，满心期待地望着从城里方向驶来的一辆辆班车，又失望地目送班车离去，一直等到晚上。这时，父亲会自言自语："今天怕是不会回来了。"等到周日下午我走时，父亲会目送班车离去，发一阵呆才转身回屋。四年间，每周如此。我听完大姐的话，眼泪瞬间涌出，心里埋怨着，为什么不早告诉我，让我留下这么深的遗憾呢？

龙应台的《目送》有这样一段话："我慢慢地、慢慢地了解到，所谓父子母女一场，只不过意味着，你和他的缘分，就是今生今世不断地在目送他的背影渐行渐远。你站立在小路的这一端，看着他逐渐消失在小路转弯的地方，而且他用背影默默告诉你：不必追。"曾经年少，对此并没有过深的理解，更不懂得珍惜。随着女儿的成长，我才知道那目光有多不舍和留恋！如今，我来来去去，再也不会有迎送我的目光了。

由于家教和性格使然，加之从小对父亲又敬又怕，我从未向父亲表达过我的情感，更不用说挽着他的胳膊，同他亲昵地行走一程了。令我痛彻心扉的是，第一次与父亲亲密接触，却是父亲弥留之际。当我怀抱父亲的双脚，揉捏他那因疾病而变形、枯瘦的双腿时，我泪如泉涌，如果不是过度劳累，严重地透支生命，病魔怎会如此折磨他呢？常常挂在嘴上的心疼，这次有了深刻的体会，竟然如此难受。父亲，如果可能的话，我真的愿意用生命来换得你的健康。可惜老天爷并没因我的真情而格外垂怜，选择在"五一"前夕将父亲永远带走了。

如今，父亲与我阴阳两隔已整整三年了，这一千多个日日夜夜，我无时不在怀念着父亲。父亲，你临走时，我已认认真真、仔仔细细地看了你，只为深深记住你，好让我在另一个世界顺利找到你。父亲，如果有来生，我还做你的女儿，好好照顾你，感恩回报你。

有一种亲人叫嫂子

屈指算来，你嫁入卢家已三十二载。从当初与你朝夕相处，到成家后的来来往往，一路走来你成了我血缘以外最为牵挂的人。

这些年来，你任劳任怨，上奉公公婆婆，下养儿女子孙，把自己的大半生都奉献给了这个家，你与卢家这个大家庭早已融为一体。

你和哥哥成亲时，风华正茂；而今，你发鬓花白。漫长的光阴流逝，或许你早已记不起当初的故事，我却记得人生的几个第一次都与你有关，林林总总的片断像旧电影，每一帧都深深根植在我的记忆里。

你婚后第一年的春节，按习俗要回娘家拜新年。那天，大雪纷飞，天寒地冻，为御风雪，你从商店精选了一条绿色围巾，配上你的新衣，是那么漂亮。从你的笑靥里看得出，你对这条围巾的钟情。走完亲戚，你却把这条围巾送给了我。人生中，我拥有了第一条围巾，它不仅保暖，更重要的是满足了一个女孩儿对美的追求。

那时上学，最怕的是雨天，因为一下雨，我就只能光着脚丫去学校。特别是早春和深秋两季，我的双脚常常冻得通红，稍有不慎还会踩着带有棱角的石块或瓦砾，顿时鲜血直流。你结婚时新买的雨鞋，我已忘了你是否穿过，它就成了我的，从此结束了我光脚上学的历史。第一次给我送雨伞的也是你，当时我真的好意外、好激动啊！雨水滑过伞叶滚落在地上，一股暖流却注入我的心田。

都说婆媳、姑嫂是天敌，可见这种关系有多难处。我们姊妹五人，哥哥排行第二。也就是说，你嫁到我家，除了上有父母，还有三个妹妹。哥哥是独子，难免娇惯，身懒固执。在这样的家庭里，媳妇的确不好做，但通达善良的你对我们总是赤诚相待。我们不是刁钻之人，对于你的真诚，自然能敞开怀抱接纳。偶尔产生的婆媳、夫妻间的矛盾，因为你的善良，我们都会站在你这一边，向着你。不护短，是我们一家人和睦相处的秘诀。

一直最让我感动、感激的是你对父母的孝心。父亲患病卧床期间，母亲身体也不太好，最多只能自保。做饭、洗衣、打扫卫生，这些倒也罢了，关键是每天还要倒便桶。偶尔为之，或许可以，若天天如此，搁在谁身上怕是都难。你却承揽了下来，朝朝暮暮，从不言苦。惭愧的是，我们亲生儿女都没有做到，你却做到了。

令人痛心的是，母亲因病卧床长达半年之久。我虽每周回家看望母亲，但基本上未给母亲做过什么事。每次看到母亲都是穿着干净的衣服，换下的脏衣你早已洗过。夏天，你每天早晚两次给母亲擦洗身子，如果大姐或三姐回家，你们就一起给母亲大洗澡，再给母亲全身扑上爽身粉，让母亲身体保持清爽。在你的精心护理下，母亲的身体从未长过疮。你担心屋里有异味，用石灰消毒，喷洒空气清新剂。每隔个把小时，你就会帮母亲翻身，调整枕头的高低，以便让母亲舒服一些。我喂母亲吃饭时，母亲吃两口就不吃了，你说你来喂，然后和母亲开玩笑："你是不是想让我喂你？"你一勺一勺耐心地喂着，母亲乖乖地把饭吃下。这大半年在病床前伺候母亲，变的是我们这些亲生儿女，不变的却是你，我的嫂子。都说久病床前无孝子，你用实际行动打破了这个说法，赢得了我们与周围群众对你的尊重和交口称赞。

常言道，父母在是家人，父母不在是亲戚。因为你，父母不在的这几年里，我们依然是相亲相爱的一家人。每逢佳节，你会打电话让我们回家，还是像父母在世时一样，倾尽所有给我们做满满一桌好吃的。

过年时，我接你来安康，给你买衣服，你执意不肯，说我刚买房子，孩子又在上学，正需要花钱，你在家里不用穿那么好。实在推不掉，你说那就上大同（农村集镇），就在大同街上买，便宜。每每听到这些话，我心里一阵酸楚，这不活脱脱就是父亲在世时说过的话吗？

长嫂比母，这话真的不假。这些年，你是这样说的，也是这样做的。每次走时，你要么去菜园给我摘一些菜，要么给我装一些粮，只要你有，哪怕再少，都会分给我一些。你给我丈夫做的鞋，至今他都没舍得穿。你身体不太好，但你撑起了这个家，用一双长茧的手书写了家和万事兴的诗行！

这三十多年，我目睹了你对家庭的贡献，也见证了岁月的无情。我曾不止一次地对人说过，父母去世后，现在让我最牵挂、最放心不下的人，就是和我没有任何血缘关系的嫂子了。

难以忘却的童年

我能来到这个世界纯属意外，能活到现在更是万幸。

从太爷、爷爷到父亲，三代都是单传，没有兄弟姐妹。到我们这一代时，母亲生了五个孩子，只有哥哥一个男孩。这在封建意识浓厚的农村还是算作单传，幸好父亲没有那种特别明显的重男轻女思想。因为爷爷不管事，只顾他自己，家里负担确实太重，所以父亲不打算再要孩子了。

没料想，二姐五岁那年得了痢疾。放到现在，并算不了什么，但在缺医少药的年代，这病很快要了二姐的命。那个年代，养孩子和种庄稼一样，广种薄收，看天意。谁家都经历过孩子夭折的事，能长大成人的孩子，只能说是命大。

二姐的夭折，让父亲滋生了再要一个孩子的想法。四个子女，在农村来说不算多，万一是个儿子，岂不就美梦成真了？结果天不遂人愿，依然是女孩。据母亲讲，父亲虽然失望，但是接受了这个现实，不管男女，以后真的不再要了。

计划总是没有变化快。只有一个儿子，让爷爷和父亲心里总有些不甘。过了几年，父亲决定赌一把，看能否再添一个男丁。说好的，男孩就要，女孩就送人。说来心酸，那时普遍认为，养女赔钱（女儿出嫁是要给嫁妆的，不像现在男方得给女方彩礼），养儿才赚。女婴的命不叫命，连个物件都不如，生下来不想要，扔在厕所直接溺死，要么接半尿罐水，溺死后用草帘一裹，找个地角埋了。偏偏我就是女孩，一出生就面临这样的命运。也许我命不该绝，出生那天，身为生产队长（现在的村民组长）的父亲去南山给生产队买牛去了。母亲难过极了，她觉得亏欠了父亲（那时认为生儿生女都是女方的事），很是自责，加上害怕父亲，虽舍不得，但不敢留下我。

庆幸的是我从未谋面的接生婆对母亲说："留下吧，刚好街后面有一户人家没孩子，打算领养一个，让我给留意。等满月了，我就把她送去。"母亲信了接生婆的话，才保住了我的小命。谁知，一个月、两个月，一年、两年过去了，接生婆再未在我家出现过，母亲才明白接生婆的话只是一个善意的谎言。

我的命是保住了，母亲的日子却难熬了。父亲买牛回来，见又是一个女孩，很是生气，相当长一段时间都不理母亲。偏偏我不争气，出生后体弱多病，用母亲的话说，"牛病不发马病发"。母亲因为营养不良，心情不畅快，严重贫血。母亲虽因为身体不好，不用和男人一样下地干农活，但一家老少的浆洗缝补、吃喝拉撒都要她来做。我们母女二人都得不到照顾，小病就拖成了顽疾。

家门中有一个太婆，经常对母亲说："不要给她吃奶，女孩子命大，受点儿罪不会死，有谁领养就送出去。"我懂事后，最不喜欢的人就是这个太婆了。现在想想太婆的话虽然残忍，但是为了母亲好。母亲如果真的有个好歹，我们家天就塌了，我未必能活命。

两岁左右时，邻村有家姓张的未生育夫妇决定领养我，起初母亲是不愿意的，无奈张家三番五次托人来说，她确实没精力照顾我，就把我送给了张家。

张家离我家四五里路程，中间是一条曲里拐弯的羊肠小路。回家的话，要途经一口井、蹚一条河、过一条铁路，对于一个两岁的孩子来说，路途的确遥远且充满了危险。

据母亲讲，从小我的性子就烈，知道陌生人领不走，就让二姐和三姐（其实是母亲的三女和四女）送我去，晚上留下陪我，第二天早上早起，趁我在睡梦中悄悄溜走。等我起来，不见了两个姐姐，便号啕大哭，哭得撕心裂肺，咋哄都不行，我只要母亲。幼小的我除了最擅长的哭外，还用牙咬，用手抓，用脚踢，奋力把养母往后推，企图挣脱他们的怀抱。累了就睡，醒了继续哭闹，不分黑明。总之，我用尽了一切办法进行反抗，可又有什么用呢？我的记性特别好，趁他们不注意，就一个人偷偷往回跑。张家一路打听找上门来，母亲又如法炮制，让姐姐送我。当然，我还是又哭又闹，偷着往回跑。

记忆中有两个情景，真是让我刻骨铭心，现在还记着。我家住在村头，后面有个大院子，院子里有个碾子，村里人吃粮都靠这个碾子磨。印象中，这个碾子是最忙碌的，一天到晚总有人排着长队在等候，人闲碾子不得闲。这里是孩子集聚地，也是村子最热闹的地方。一天，养母把我领到这里玩，开始我看到很多熟人很开心，正玩在兴头上，母亲提着半口袋苞谷、拿着簸箕来了。我一见母亲，立刻委屈地大哭，边哭边向母亲跑去。母亲把我搂在怀里，边擦我腮边的眼泪边安慰。等我安静下来，母亲找机会脱身，说："让你妈（养母）抱，我去上厕所。"经历了几次转身不见亲人的痛苦无奈，这次我长了心眼，紧紧抱着母亲，说什么也不离开她的怀抱。可怜我人小力弱，被养母硬生生抱走了，那种生离的无奈、绝望，真的是刻骨铭心。

还有一次，养母领我到街上玩，在镇卫生院门口突然看见了母亲，我"哇"的一声大哭，立刻挣脱养母的怀抱让母亲抱我。母亲骗我说："让你妈抱，我去给你买蛋蛋（水果）。"然后把我塞到养母怀里狠心走了。我哭得撕心裂肺，引起了很多人围观。那个凄惨相，勾得一些大妈直掉泪，也害得周围人纷纷指责母亲和养母。因为闹得太凶，养母安抚不了我，估计当时的情形也让她备受压力，就不耐烦地放下我，自己忍不住坐在地上委屈地放声痛哭。我一人边哭边往回走。外爷是个篾匠，每天在街上卖篓子、烘罩、雨帽之类的东西，我在街上的一番哭闹，他很快就知道了。下午罢场，外爷从街上拐到我家，把父母亲狠狠地骂了一顿，并让他们必须把我接回家。

由于经常偷着往回跑，周围人对父母和养父养母颇有微词，养父养母担心万一我在路上出了意外没法交代，只好把我送回家。我在张家待了短短一个月，但这段经历影响了我整个童年和少年时光。一度，我对父母颇有意见，直到考上学后才对那段经历释怀，原谅了父母。

捉蜻蜓

除了两岁时被送人这件事外，我的童年算是幸福的。毕竟，父母都是心地善良之人，把我送出去是迫不得已。小孩善忘，只要回到亲人身边就行。大人忙，没时间管我，正好给了我无尽的自由，让我可以天马行空地任性而为。女孩玩的游戏我都玩，男孩玩的游戏我也玩。我想，后来认识我的人，大约没谁会想到我童年时除了喜欢踢毽子、过家家外，更喜欢做的是下河捉鱼，上树偷果子，捉蜻蜓、蝴蝶。

"碧玉眼睛云母翅，轻于粉蝶瘦于蜂。坐来迎拂波光久，岂是殷勤为蓼丛。"我对蜻蜓情有独钟，不仅喜欢它线条流畅、体态轻盈、色泽鲜艳，更喜欢那一对晶莹剔透的大眼睛，两对薄薄的、透明的大翅膀轻轻一扇就能飞向蓝天。我时常跟在蜻蜓后面奔跑，想象着我的腋下生出一双美丽的翅膀，带我飞向蓝天，飞出卢家河畔，看村庄以外的广阔世界。

时间久了，我不甘于远观，就想捉一只蜻蜓拿在手上仔细看看。那时的蜻蜓特别多，每到夏季，池塘边、小河旁、稻田上空，到处都是红的、黄的低飞盘旋的蜻蜓，捉一只应该不是难事。看蜻蜓停歇在树枝上，我急忙蹑手蹑脚地从它后面走过去，屏息凝视，大气不敢出，生怕呼出的气息会惊飞它。我慢慢靠近蜻蜓，将大拇指和食指悄悄伸向它略带弯曲的修长尾部，准备突然袭击时，它"扑棱"一下灵巧地从我手边划过，吓得我心"怦怦怦"直跳。就差那么一点儿，我就可以捉住蜻蜓了。

好奇心和好胜心被勾起，一次不行就两次，两次不行就三次，我不相信捉不到蜻蜓。事实证明，我想得太简单了，蜻蜓仿佛是在捉弄我，每次都是在我即将捉住它的一刹那从我手边逃离。我很纳闷，明明我是从后面过去的，动作也很轻柔，它是怎么发觉的呢？这个问题直到上学后才得出答案：蜻蜓有复眼，看东西360°无死角，我的行为全在它视线之内。

那时的人没有与大自然和谐共处的概念，自然没有保护小动物的意识。当我好不容易捉到第一只蜻蜓时，心里无比高兴，有一种胜利的喜悦。从此，漫长的夏季不再乏味枯燥。

我捉蜻蜓越来越有经验，对蜻蜓也有了大概的了解，红蜻蜓最漂亮，蓝蜻蜓最机灵，黄蜻蜓最常见。时间长了，我发现了一些规律，池塘边蜻蜓虽多，但供蜻蜓停歇的东西少，稻田里蜻蜓倒是多，但草太软，不好捉。有一个地方最好，我家房后不远处的铁路两边是矮灌木丛，那里是蜻蜓最爱停歇的地方。下午两三点是一天中最热的时段，大人们不会下地干活，小伙伴们也大多在家里待着，这是捉蜻蜓的最好时机，没谁和你争抢。我趁大人午睡时，偷偷跑到铁路边捉蜻蜓。小时候我虽然身体不好，但特别皮实，夏天从不穿鞋，光着脚丫，不怕石子硌，不怕瓦片割，更不怕踩在地上痒痒。被太阳暴晒过的石头滚烫滚烫的，我全然不顾，只想着停歇的蜻蜓。通常一下午会捉好几只蜻蜓，但大部分都放了，偶尔带一两只回家放进蚊帐里让它们捉蚊子，第二天早上再放它们回家。可我发现，它们并不领情，根本不吃蚊子，第二天无精打采的。我问姐姐，姐姐反问一句："你在别人家开心吗？"一下戳到我的痛处，我立刻不语，心情马上沉重起来。我以为没有伤害到蜻蜓的性命就不算伤害，从没想过它也有家人，也会想念家人。从此，我不再捉蜻蜓了，心里默默祈祷那些被我捉到又放了的蜻蜓能顺利回家，与家人团聚。

如今这已成为久远的过去，但我依然怀念童年时的快乐时光，怀念童年记忆中的红蜻蜓。

一方小院醉流年

时间是一条没有尽头的河，多少暗香浮动的美好记忆，都随着时光流转而远逝，唯有流水镇政府那一方清幽的小院深深地留在我的心底，成为岁月里最深情美好的一笔。喜欢它，不仅是因为它依山傍水、风景旖旎，还因为我曾在此居住过十年时间。

小院不是很大，形状各异的花坛里种满了各种花草瓜果，虽然极其普通，却使人满目生辉。

"一花独放不是春，百花齐放春满园。"每到春天，最先由院子北面石墙上黄色的迎春花拉开春的序幕，接着几棵高大健壮的垂柳、香樟纷纷抽出嫩芽，尔后红的、粉的、黄的、白的月季就急不可待地粉墨登场。一时间，院子里五彩缤纷、姹紫嫣红，浓郁的花香引来游蜂戏蝶翩翩起舞；归来的燕子在檐下啄泥筑巢，或在梁间喁喁呢喃，或在树顶悠悠盘旋；散了学的孩子们总喜欢绕道来院子里转一圈才肯离去。杜甫的《江畔独步寻花》在这里做了很好的注解。外来客人无不对小院赞美有加，纷纷竖起大拇指，惹得院子里整个春天都热热闹闹、赞声不绝。

到了夏季，绿树成荫。柳树长长的枝条拂垂地面，粉红的夹竹桃葳蕤齐放，一团团、一簇簇压得俏枝频频点头，一如燃烧的火焰，映红了四合小院。那栀子花、美人蕉、夜来香、凤仙花、太阳花，争先恐后次第绽放。每临清晨，朝阳从东方冉冉升起，唤醒百花的梦。轻柔的凤仙、娇嫩的太阳花托着红红的脸庞迎着朝阳，笑意盈盈，可爱极了。满载花朵的院子似硕大的花盘，应了陆放翁的"花气袭人知骤暖，鹊声穿树喜新晴"。不满三岁的女儿常会感叹花儿的娇美，成为护花使者，对每一位进到院子里的人不厌其烦地告知不许摘花。

百花园中，我最喜栀子花，它洁白素雅、香气馥郁，具有凝脂般的质感。栀子花有顽强的生命力，只要有水，就能存活。每到农历四月，收了油菜、麦子，田里放水插秧时，随手折一段栀子花的茎插在水田边，便能生根、发芽、开花。小时候，母亲常常会摘一朵栀子花给我戴在头上，走到哪儿，香味就飘到哪儿。直到现在，我对栀子花的喜爱依然如故。不管是在集市上，还是傍晚散步的路上，只要遇见栀子花，我都会买一些带回家。找来干净漂亮的瓶子，灌半瓶清水，把栀子花插在里面，清香便弥漫在房间每个角落。只要嗅到栀子花的芬芳，我浮躁的心情顿时就会平静下来。

夏夜，晚风拂过江面，温热的气流变得凉爽、湿润起来。习习的微风悠悠地吹进小院，各种花香随风袭来，然后越过院墙向远处飘去。方圆几里都沾染着小院的花香，远胜浪得虚名的七里香。身居院中，心会在大自然中徜徉，与花草树木相亲，与明月清风为邻。晴好的夜晚，皎皎明月高挂空中，月光如水般静静地流泻下来，在花枝间轻盈地流动。清辉透过浓密的花叶筛下斑驳的光点，劲枝摇曳像梦幻般的精灵在跳跃。月下花朵迷离，树影婆娑，鸟儿酣睡，小院便成了生灵乐园：油蛉在这里低唱，蟋蟀在这里弹琴，间有知了奏乐，和着那些不知名的小虫发出的窸窸窣窣的声响，齐奏夏夜华美乐章。

院子里的人下乡未归，或外出锻炼，或江边垂钓，我便有了与女儿独享这美景的静默时光。在两棵树之间绑着简易吊床，女儿躺在吊床上荡秋千，我一边给她讲牛郎织女、张衡的故事，一边用心感受这叶影参差的月夜美景。有时，看着灿若星河的浩瀚夜空，我会教她认识北斗七星，朗诵《天上的街市》；有时，也会采了凤仙花捣碎，摘来豆角叶，给我和女儿的手上、脚上染上红红的指甲；有时，三岁的女儿会问："那个小红花为什么叫太阳花，而不叫月亮花呢？""月亮里真的有嫦娥吗？"……我一一耐心解答。常常，女儿会去折了柳枝，让我给她编织花篮，然后兴高采烈地提着花篮去捡拾地上凋零的花瓣。我的目光随着女儿的身影转动，双耳被远处此起彼伏的蛙鸣声吸引，心随着盛开的花儿舒展，梦想在清辉下放飞……

转眼，秋如约而至。夏花凋谢，地上落英缤纷。芙蓉、紫薇、桂花已然飘香，一嘟噜一嘟噜挂在枝头，迎风摇曳，明媚着一季秋色。这时，橘子、柚子也挂满枝头，发出略带苦涩的淡淡的清香。

"一年好景君须记，正是橙黄橘绿时。"有哪个季节能像秋一般丰盈呢？花是希望，果是收获；花朵养眼，果实养胃；既赏美景，又享美味。待果实成熟时，摘下两三个，坐在院子的石凳上边品边聊边赏美景，心头的烦闷就会在这一刻消失殆尽，留下的是对生活的热望。

秋去冬来，燕子南归，落叶翩跹，花朵零落成泥，委于泥土，只待来年。唯有冬青、柚子树叶依然碧绿，给人希望、活力。漫天飞舞的雪花光临，在不经意的某个清晨给你带来一份意想不到的惊喜："忽如一夜春风来，千树万树梨花开。"有年轻情侣带了相机，"咔嚓咔嚓"地拍个不停，留住这最美最动人的画景。

小院一年四季常青、花开不断，大半的光阴都是在这种浓浓花香的伴随下度过的。女儿因它，有了一个幸福快乐的童年；我因它，有了一段人生最美好的回忆。

第七辑　书苑心香

一见倾心"阅读吧"

佛说，与你无缘的人，你与他说的话再多都是废话；与你有缘的人，你的存在就能惊醒他所有的感觉。而我想说，与你无缘的人，与他交集再多都毫无感觉；与你有缘的人，他的存在就能惊醒你所有的感觉。

"安康阅读吧"就是与我有缘之"人"。与它相遇，一见如故，再见倾情，大有相见恨晚之意。

第一次去"安康阅读吧"，是 5 月 18 日早上 9 点，我应市图书馆王老师之邀参加"安康市图书馆 24 小时自助图书馆暨读者体验活动"。短短半小时的开馆仪式结束后，来自社会各界的近百名体验者在市政协主席黄秀玲的带领下进入"安康阅读吧"进行体验。

"安康阅读吧"的面积不大，两层约 160 平方米，装修得特别温馨、雅致。四周书架呈不规则几何形状，打破了印象中图书馆刻板、保守的形象，上面摆满了文学、政治、经济、医学、少儿绘本等多种类型的书籍，几乎满足了不同层次、不同类型人员的所有需求。桌椅根据空间设计，既有容纳多人的长条桌，又有圆桌；既有木椅，又有沙发，还贴心地为小朋友准备了彩色卡通小圆凳。几盆青绿的红掌为"安康阅读吧"增添了生机和活力。这里不像图书馆，更像家庭书房，让人一下子就爱上它。

第一次因为人太多，我只请了两节课的假，看了个大概就匆匆而别，但"安康阅读吧"却刻在了脑海里。后来拿到了借阅卡，我忍不住开心地笑。一下班，家没回，饭没吃，直奔兴安西路"安康阅读吧"。

"安康阅读吧"大门左侧是办证指南牌。单位虽已统一办了证，但我还是仔细阅读了一遍，过程并不复杂，只需按照上面的提示操作即可。然后，我在门上的刷卡处刷卡进屋。原想这个时间点是没有人的，没想到里面人还不少，年轻人居多，有放学没回家的中小学生，有年轻的情侣，还有带着小宝宝的年轻妈妈。大家一个个都看得特别投入，我的闯入丝毫未影响他们。

这时，有一位年轻妈妈在自助借还机上根据流程借了两本书，然后问正在自助机上阅读电子书的两个小女生："同学，请问书最多借多少天？"一个女孩抬头答道："最多 14 天。"看来，这位年轻妈妈是第一次借书，这两个女生是"安康阅读吧"的常客，对于一些借阅规则和注意事项已熟记于心。

一楼后面有一间小屋，里面是一些报刊，我转进去一看，有四个四五年级模样的男生正在认真写作业，还真会找地方。我没敢打扰，悄悄退出来，上了二楼。楼梯两旁的墙壁上贴着剪纸、绘画作品，还有名人名言墙贴，书香气息浓厚。

我最喜欢的靠近窗边的位置早已有人，但中间长桌上尚有空位，便先去挑选我喜爱的书籍。这时才发现，当初书架上挨挨挤挤的图书所在的位置，不知什么时候已是大片大片地空出，显然那些图书已被读者借走。作为一个热爱阅读的人，我深知书最好的归宿不是被收藏，不是当作摆设，而是被更多的人阅读。这是对著书人和致力于传播书香者的最好回报。

我挑了一本书坐在门口一处空位上，环顾四周是清一色的美女，有的只是静静阅读，有的桌上摆了好几本资料，一边翻阅一边记录。她们读书的样子特别美，是一种踏实、丰盈、安详、自信的美。毕淑敏说："书不是胭脂，却会使女人心颜常驻。书不是羽毛，却会使女人飞翔。书，不是万能的，却会使女人千变万化。"三毛说："读书多了，容颜自然改变，许多时候，自己可能以为许多看过的书籍都成了过眼烟云，不复记忆，其实它们仍然是潜在的。在气质里，在谈吐上，在胸襟的无涯，当然也可能显露在生活和文字里。"这些热爱读书的女子坚持下去，随着光阴的流逝、年龄的增长，相信她们不但不会在枯燥的生活里委顿，还会更有韵味。

这时，门口探进了一颗小脑袋，然后一个小男孩蹑手蹑脚地走进来，满脸的惊喜，随手就从书架上抽出一本大部头的《世界地理》。紧随其后的高大清瘦的青年男子看样子是男孩的父亲，他拎着书包，俯下身子在小男孩的耳边耳语了一阵，把书包和小男孩安顿在空位上，然后把《世界地理》放回书架，又转身下了楼。一会儿，他拿来了三本少儿读物给小男孩。小男孩顿时眼睛发亮，迫不及待地打开了书。

当我再次抬起头时，屋里面多了不少身影，有的人就站在书架旁看书。先前的那对父子，各自沉浸在手中的读本里，相安无扰。我看了一下时间，刚好晚上 8 点，不知不觉已在这里待了两个小时，窗外已是夜色渐浓，华灯初上。我的肚子提出了抗议，于是起身收拾，给后来者腾出位置。

刚到一楼，看到同事带着孩子在看书，小朋友专区已座无虚席，还有年过花甲的老奶奶在看杂志。一种久违的激动涌上心头，我知道这个队伍一定会越来越壮大。一个热爱读书的民族，何愁不会强大？

站在门外，霓虹灯装扮下的兴安西路商业街比白天多了几分魅惑，"安康阅读吧"就像一位不施粉黛的纯净女子，清丽脱俗地站在浓妆艳抹的脂粉堆里格外醒目。愿"安康阅读吧"给这座烟火城市增添一份墨香，增加一些书卷气！

冷眼看经典

——《白鹿原》女性人物分析

关于《白鹿原》，《当代》杂志副主编何启治认为，这是"五四"以来坐第一把交椅的长篇小说。著名诗人、翻译家屠岸认为，这是一部摒弃一切旧模式，对民族历史进行深刻反思、总结，对文学语言加以创造的辉煌巨著。陈忠实先生在《寻找属于自己的句子》里说："回首往事，我唯一值得告慰的就是，在我人生精力最好，思维最敏捷、最活跃的阶段，完成了一部思考我们民族近代以来历史和命运的作品。"现在，仅是研究《白鹿原》及陈忠实的各种专集、专刊数不胜数，十倍、百倍于《白鹿原》的规模和字数。

我第三次读《白鹿原》，感受最深的是人物形象非常典型、丰满。像白嘉轩、鹿子霖、黑娃、田小娥、白孝文、白灵等形象立体化，不是一好百好、一坏俱坏，他们身上往往是好坏互参。因篇幅关系，我不一一剖析，只就小说的开头和里面的几个女性形象做浅析。

小说一开始就说，白嘉轩一生引以为豪的是娶了七个女人，前两次读的时候我都没有认真思考，不明白这和全文有什么关系，以为这只是吸引读者的噱头。再读，再思考，我觉得那是在表达封建礼教下的父系氏族社会没有把女性当人看，男的没有把女的当人看，只是当作一个传宗接代的生育工具。小说中宽厚豁达、对待长工就像亲兄弟一样的白嘉轩，对待自己死去的女人所表现的冷漠、自私，令人心寒。他没有半点儿伤心、难过，对那些女人毫无夫妻情分。直到第四个女人死去时，他才有一种负罪感，给死者穿了五件衣服，算是宽厚仁慈的了。娶第四个女人时，秉德老汉说："再卖一匹骡驹。"从这儿不难看出，一个青春妙龄的少女，在他们眼里的价值不过如此。甚至女的也不把女的当人看，白嘉轩的母亲就认为女人不过是"一张破旧了的糊窗纸，撕了就应该尽快重新糊上一张完好的"。他们对接二连三死去的鲜活生命如此冷酷无情，没有丝毫悲悯之心。

田小娥是绕不过的一个形象，可怜可悲可恨，既是受害者，也是施害者。她反抗也好，变坏也罢，都是男人一步步逼迫的。本想追求幸福，一心一意和黑娃过小日子，但被以白嘉轩为代表的封建宗法维护者所不容，活着时白嘉轩刁难她，鹿三反对她，周围人鄙视她。在救黑娃的过程中，她被道貌岸然的鹿子霖欺骗，后来成了鹿子霖的帮凶，在鹿子霖的教唆下把白孝文拉下水、勾引狗蛋，结果害人害己，被按照族规处置，丢尽最后的颜面。白鹿原没有她的容身之地，最后她自甘堕落，破罐子破摔，惨死在公公的矛子下。她死后，白嘉轩建塔压制，使其永世不得翻身。

白灵是这部小说里我最欣赏的女性，集美丽、聪慧、刚烈于一身，具有强烈的反抗意识。第一，敢于追求婚姻自由，开始拒绝王家的求婚，和鹿兆海自由恋爱。后来发现和鹿兆海革命信仰不同，又断然和鹿兆海分手，选择了志同道合的鹿兆鹏，这在当时需要很大的勇气。第二，敢于追求革命真理，打破了"女子无才便是德"的传统，成为白鹿原上第一个女革命者。从朱先生的那句"习文可治国安邦，习武可统率千军万马"，可见她的与众不同、出类拔萃。可惜，她不是死在战场上，而是牺牲在自己同志的手下。

小说里有一个人物出场并不多，可能有人不曾留意，却给我留下了深刻的印象，那就是白孝文的媳妇——大姐儿。这是一个典型的封建礼教受害者的女性形象，一生逆来顺受、不曾反抗，直到临死才对这个封建家庭提出质问。她死得非常可怜，全身黄肿发亮，手按下去就是一个窝，半天起不来，脸上一坨坨乌青紫黑的伤痕，前面是饿的，后面是被白孝文打的。她不但享受不到人生乐趣，而且身心备受摧残。就像她说的："我想过这想过那，独独儿没想过会饿死。"每次读到这里，我心里非常难受。

写作对于作者来说，是独特的个体体验；作品写成后，对于每个读者来说，也是独特的个体感受。所以，一千个人眼里有一千个哈姆雷特，每个人心里都有属于自己的"白鹿原"。

我也可以

——仿写《听听，秋的声音》的启示

《听听，秋的声音》是一首现代诗，也是人教版小学三年级上册的一篇略读课文。作者抓住秋天里大自然的一些声响，用诗意的语言赞美了秋天，精练优美，富有韵味。

教学中，我让学生通过多种形式的有感情朗读来体会秋天独特的风情，此外还有一个学习目标，就是以诗歌的形式仿写。说实话，我对初学写作的学生仿写诗歌是很没信心的，一则日记、一篇记叙文都存在着啰唆、语句不通等诸多问题，而诗歌对语句的要求更高，需要精练、优美，学生能行吗？我抱着试试看的心态和同学一起仿写。

训练中我先启发学生，除了诗中介绍的声音外，你还听到了秋天的哪些声音？然后让学生在全班交流。当第一个学生站起来说"我听到了火红的枫叶飘落的声音"时，其他学生纷纷举起小手："我听到青蛙'呱呱'的声音。""我听到了石榴咧开嘴的笑声。""我听到了大雁和白云的告别声。""我听到了蜜蜂和花朵的告别声。""我听到了小松鼠采摘松果的声音。""我听到了农民伯伯的笑声。"……同学们精彩的发言远远超出我的想象，事前的担心纯属多余。我高兴地说："同学们说得真好。现在拿起你的笔，仿照课文的形式，也来写首诗。同学们有没有信心？"同学们异口同声地响亮回答："有！"

在收上来的习作中，有不少同学仿写的诗歌令人很满意，让人刮目相看。下面是其中的一首：

仿写《听听，秋的声音》

听听，
秋的声音，
枫叶穿上红红的衣裳，
"唰唰"，
是和枫树告别的话音。

听听，
秋的声音，
杨树戴上金黄的帽子，
"唰唰"，
挥挥手，
送走了夏天的炎热。

听听，
秋的声音，
青蛙加紧挖洞，
"呱呱"，

准备舒舒服服睡大觉。

秋的声音，
在每一片叶子里，
在每一个果实里，
在每一朵绽开的花朵里。

这节课，不管是学生的课堂表现，还是课后完成的作业，都给我留下了深刻的印象，使我从中得到了启发。孩子有孩子的思维，我们不能用成人的思维去看待孩子的世界，有时孩子的世界更丰富，想法更独特。作为教师，我们应该相信孩子，大胆放手，只需做好引导，就会有意外的惊喜。

千古惆怅第一人

我想，如我一般喜爱纳兰容若的，绝不止我一个。第一次认识纳兰容若，只一句平实如白的"人生若只如初见"，便紧紧地攥住了我的心。其实，攥住的又何止是我的心？不然，怎会有那么多人发出"人生若只如初见"的感慨呢？

当我进一步走近纳兰容若时，才发现，这个含着金汤匙出生的贵公子几乎拥有了世间的一切——高贵的出身、皇帝的宠爱、绝世的才情、风流的外表。就是这样一个人见人羡的男人，一生却为情所累，为情所困。他拥有了世间的一切，唯独缺少了快乐，以致最后郁郁而终。

"相逢不语，一朵芙蓉著秋雨。小晕红潮，斜溜鬟心只凤翘。待将低唤，直为凝情恐人见。欲诉幽怀，转过回阑叩玉钗。"明珠府里，总有一个郁郁寡欢的孩子，他就是纳兰容若。直到有一天，容若表妹的到来，让一切才变得美好起来。从此，花园里，秋千下，一起捉迷藏、放风筝。再后来，一起吟诗填词，你唱我和，度过了许多美好甜蜜的日子！懵懂的情愫在日复一日的耳鬓厮磨中悄悄萌发，二人情深似海，私订终身。

当他们都沉浸在幸福中不能自已时，表妹却进了皇宫。一朝入宫门，从此成陌路。

如今，早已物是人非，天人两隔。那张漂亮熟悉的脸近在咫尺，那曾经的幸福又浮现在眼前，别后无限的相思却再没有机会说出口。就让脸庞泛起的红晕、回廊轻叩的玉钗传递这矢志不渝的爱情，最后的相见，双方伤痕累累。表妹吞金自杀，容若痛不欲生，大病一场，为他日后的结局埋下了伏笔。

也许为了弥补容若，老天在他二十岁时，给他送来了挚爱——结发妻子卢氏。起初容若并不想成婚，但出生于那样的家庭，到了男婚女嫁的年龄，不是想娶就娶，不娶就不娶。婚后他们意外发现，彼此性情相投，都是温柔、纯真、孩子气的人，并且卢氏饱读诗书，是难得的知己。

"绣榻闲时，并吹红雨，雕阑曲处，同倚斜阳。"难忘春日闲余时，在绣床边看落英缤纷。兴起，轻吹花瓣，几多温柔，几多浪漫。累了，就依偎在栏杆前赏落日余晖，温馨的画面充满了浓浓的爱意。

"被酒莫惊春睡重，赌书消得泼茶香。当时只道是寻常。"他们是那般孩子气，虽已为人夫人妇，却贪玩调皮，喝酒猜拳，沉醉赖床，赌书对笑泼茶，无所不为。卢氏的爱填补了容若失去表妹后的苦闷。曾经以为这些不过是平淡的居家日常，谁料却遭天妒，三年后卢氏难产而死。短暂的幸福，换来的是一生痛苦。正因为感情至深，容若的悼亡词才格外哀婉悲恸，感人至深。

"手写香台金字经，惟愿结来生。莲花漏转，杨枝露滴，想鉴微诚。欲知奉倩神伤极，凭诉与秋擎。西风不管，一池萍水，几点荷灯。"容若如此虔诚，只盼生命能够轮回，来世宁肯抛却人间荣华富贵，出生在一个普普通通的家庭，做一个普普通通的人，能够遂了心愿和心爱的人过平淡的日子，白头到老。

"昏鸦尽，小立恨因谁？急雪乍翻香阁絮，轻风吹到胆瓶梅。心字已成灰。"容若和沈宛虽第一次相见，却早已互相倾慕。当他们终于从天涯相隔到对面相逢时，两个人一下子听懂了上天的隐语，他们是属于彼此的。然而，相逢的喜悦还未退却，容若却不得不随皇帝南下，从此天南地北遥遥相望，唯留刻骨的相思。当容若终于忙完公事，返回京城与沈宛相见，并准备迎娶沈宛时，却遭到了父亲强烈的反对。在那个年代，一个男人娶一个妾是一件轻而易举的事，可这样一件简单的事，在容若这里却难于上青天。沈宛，就算她貌再美、人再淑、才再高，也只不过是一个汉人民间女子。门第悬殊的婚姻，怎为社会所接受呢？于是，就有了矛盾、争执、哭泣、咒骂……他们的爱情被现实折磨得遍体鳞伤，他们双双憔悴着、痛苦着、衰老着，那眉峰聚集的结、欢颜消失的脸、日渐消瘦的形容，让他们心痛不已。别无选择，只能离开，谁知自此一别，他们从此再无交集。

"而今才道当时错，心绪凄迷。红泪偷垂，满眼春风百事非。情知此后来无计，强说欢期。一别如斯，落尽梨花月又西。"当时做错了什么，是不该和沈宛相见相恋，让自己如此痛苦，还是不该放手让沈宛离开自己，让自己品尝相思之苦？容若没说，我们无从知晓，唯一知道的是他错了，后悔了。明明知道就此一别，不会再有见面的机会，却要自欺欺人地约定将来的会面。那偷偷流着的泪、欲说还休的念，只能独自饮下。毫无悬念，容若和沈宛的一别真的是永无交集。沈宛在南国里默默思念着容若，挨着一世又一世的哀愁；容若在京城里孤独地思念着、煎熬着、消瘦着……

就这样，在彼此无望的相思中、煎熬中，纳兰容若这颗词坛耀眼的巨星，终于忧郁成疾，离开了人世。他短暂传奇的一生，犹如天空燃放的烟花，绚丽夺目，又转瞬即逝，留下他的爱情和诗词被一代代传诵。

阅读，点亮心灵的一盏明灯

当时间从并不宽大的指缝间悄然溜走，站在岁月的终点，人生的枝头不管是硕果累累，还是萧瑟荒凉，我们都已褪去了年少的青涩，收敛了锋芒，变得现实起来。曾经的万丈豪情，心比天高的志向，以及小女人的情怀和情趣，早已被人间烟火熏染一空。唯一庆幸的是，我对书，特别是传统的纸质书的钟爱，一如既往，情有独钟。

我自小爱读书，可生活在那个连温饱都无法解决的年代，读书简直是一件遥不可及的奢侈事。记得那时，班上有同学拿来图文并茂的黑白色"小人书"，为了能一饱眼福，我拼命巴结讨好有"小人书"的同学，帮人家做值日，替人家写作业，人家让干啥就干啥。我常常做梦都想拥有一本"小人书"，那通过各种方式四处搜罗来的"小人书"，成了我灰色童年里难得的一丝色彩。

20 世纪 80 年代是中国文化极为繁荣的时期，各种报刊如雨后春笋，遍地林立。当时令人印象最深、影响较大的刊物有《当代》《十月》《人民文学》等，上面刊载了一大批优秀的文学作品，像路遥的《人生》、柯云路的《新星》、王蒙的《组织部来了个年轻人》……尽管当时学习繁重枯燥、压力很大，但经不住这些闲书的诱惑，我经常背着父母和老师挤时间偷看。看书一方面调节了我的学习生活，另一方面丰富了我的课外知识。

尤其是《人生》，对我影响非常大，可以说它改变了我的人生。那时年幼，离爱情很遥远，也不懂得爱情，没有很疼惜刘巧珍，也没更多精力去指责高加林，只是觉得美好的爱情在残酷的现实面前不堪一击，毕竟生存才是头等大事。我把更多关注放在了高加林身上，当看到他极力想跳出农门改变命运，却兜兜转转、起起伏伏，又回到黄土地时，我唏嘘不已。高加林是千千万万农村知识青年的缩影，他的命运牵动着无数农村有志青年，我是其中之一。我清楚农村妇女生存的艰难，尤其像我这样从小体弱多病、肩不能扛、手不能提、饱受冷眼的女孩，更加清醒地认识到，我若回到农村，以后的路远比高加林艰辛得多，我必须吸取他的教训，一定要努力读书考出去，不能重蹈他的覆辙。因为信念的支撑，我成为村子里第一个通过读书改变命运的人。

上中专后，我的班主任兼语文老师正好是一个文艺青年，给我们罗列了国内外许多文学名著。这些名著给我开启了一扇了解世界的天窗，让我认识了一个广阔的全新的世界。我如饥似渴地汲取着书中的营养，滋润贫瘠的心灵。那时年轻，有的是精力，我把课余时间大都用在读书上。晚上十点钟熄灯后，我常常会秉烛夜读，以期把曾经荒废的光阴补回来。因为赶时髦，我了解了弗洛伊德、尼采，也读了《毛泽东选集》《从鸦片战争到五四运动》等大量红色书籍。

除了小说、历史人物传记，我也喜欢散文和诗歌，会将喜欢的诗句工工整整地抄在精美的硬皮本上，四年下来摘抄了几大本，直到现在还保存着，同时也保持着做读书笔记的习惯。因为阅读量大，积累的知识比较广泛，每逢重大节日，学校组织各种知识竞赛时，我都有幸代表班级参加，并为班级取得荣誉。我的写作能力日渐提高，被班主任推荐到校广播室任编辑。

　　毕业后被分配到偏远山区，读书成了我排遣失落、孤寂，与外面世界交流的最好方式。因为喜欢诗词，我把它们抄在纸上，空闲的时候拿出来诵读，积累了不少。后来成家有了小孩，我依然坚持读书，给孩子树立了良好的榜样，让孩子也爱上了读书，求学路上顺风顺水。因为热爱读书，我才会有一篇篇文章见诸报端，才会有散文集《青春如花》；也因为热爱读书，才会在"王庭德书友会"这个大家庭里和大家共同进步。书读多了，眼界自然开阔，由内而外散发出自信的气质，想问题、看问题会更客观理智，遇事从容淡定，不会慌乱无措。特别是女性，读书除了提升气质和品位外，更能让我们在日复一日的家务中不迷失自我、流于俗气，还能在婚姻中获得一份主动权，特别是对下一代潜移默化的影响，意义更为深远。

一缕阳光　四季花香
——卢慧君散文印象

龚仕文

（一）

初识卢慧君，是在我第一次参加"安康人周末读书会"上，她是主持人，坐在主持席上，笑容满面，淡定自若，口齿伶俐，点评到位，让人刮目相看。结束时，她来和我打招呼，我颇感惊讶，她是那样的小巧玲珑——在我一米八的个头面前，还真像个娃娃。

但卢慧君根本不用对谁"高山仰止"！读了她的文章，你会认为她完全有资格对这个世界"无须仰视"。从第一次读她的《又见江南何田田》，到她后来发给我的几篇散文，每读一篇我总要发自内心赞叹一番：安康多才女！

卢慧君的散文，散发着两种淡雅的清香：古诗词的典雅墨香和花儿的四季馨香。她以抒情的笔调、读来很清纯的文字，对这两样在我们眼里都是美好的事物倾泻着痴情般的写作激情，抒发心中那一份饱含韵致、情趣、清澈的心志，把我们带入了如诗如画的意境里不能自拔。

（二）

首先，我们来看看卢慧君对古诗词的引用，仅就我读过的9篇散文而言，引用的古诗词有24首之多！有的是整段引用，如前面提到的《又见江南何田田》，而大部分都是情之所至拽来精彩的句子填入文章内，使自己的心境得到更为充分的表达。

在中华民族五千年璀璨文明中，古典诗词如灿烂星辰发出熠熠光芒，在每一位稍通文墨的中国人眼里，它们都是美不胜收的文字盛宴，一直撩拨着每一个爱好文学的人律动的心弦，由此我们就读到了不少文笔优美的文章，就像卢慧君的这些散文。她随手拈来的诗句，如泉眼的汩汩清流，贴切隽永、恰到好处地表露了她的心思，既使她的散文显得活泼可爱，又使我们再一次领略到古诗词的优美意境，犹如涓涓细流轻轻掠过我们的心田。

请允许我再以《又见江南何田田》为例，来说明卢慧君对古诗词的偏爱、准确的解读和熟稔的阐发。在这篇文章中，卢慧君对汉乐府诗《江南》进行了诗意的诠释。她像我们许多读者一样，在初读这首诗时，难免产生疑惑。"江南可采莲，莲叶何田田，鱼戏莲叶间。鱼戏莲叶东，鱼戏莲叶西，鱼戏莲叶南，鱼戏莲叶北。"在诗词里，一个字或一句话反复使用，是一个大忌。就像这首乐府诗，7句话35个字，有4个字重复使用5次，很容易让人觉得啰唆和了无韵味，我在最初读时就是这样的感觉。这样一首浅显直白、词语复沓的诗，何以能流传千年？读了卢慧君的文章，回头再读这首诗，感觉完全不一样了，有一种豁然开朗的感觉。她从女性的角度，以细腻的文学感触、优美的文学语言，对这首我曾经认为没有多大趣味的汉乐府诗进行了富有诗意的阐述。诗中通过对鱼儿嬉闹戏耍的反复回环的咏叹，表达了一种优哉游哉、悠闲自得的心境，还有隐藏在诗歌后的那种劳动的欢快、丰收的喜悦和青年男女永结同好的恣肆浪漫。

听说卢慧君供职的汉滨区鼓楼小学经常举办"含英品韵，与经典同行"之类的古诗词学习研讨会。一所小学能有长远的眼光，对小学生进行诗词经典的陶冶，让人敬佩和叹服。我不知道卢慧君在这件有意义的事情上是发起者还是直接组织者，我想她起码是大力推动者和积极参与者。她对中华民族的这块瑰宝如此心仪，在散文中这样大密度的引用和阐释，并且有着超常的理解，引用很是贴切，自然流畅，寓意精当，既加深了诗词中情感的表达，让我们看出她在古诗词研读方面的功底，也使她的文章读起来很优美。手捧书卷，我的心与魂已被她富有魅力的文字勾去，喜笑颜开。

（三）

一个爱读书的女人向来是很美的，一个爱好写作的女人怎么看怎么美，一个爱在作品中"拈花惹草"的女作家更是美上加美。卢慧君像安康许多女作家一样，爱花也爱写花，短短的几篇文章，我粗略统计了一下，专门写了迎春花、荷花、木槿花、蔷薇花、栀子花、凤仙花，成段写了格桑花，笔底还描绘了其他十几种花，桃花艳、梨花白、杏花美、海棠红、玉兰俏、樱花娇……她对大自然娇艳的女儿——美丽多彩的花儿葳蕤烂漫、铺天盖地的铺陈，展现了盎然的生机，这成为她散文的一大特色。她似乎就是花仙子、花的使者、花圃的园丁，读她的作品犹如在百花园中散步，在书案前展开一幅优美的画卷，里面百花盛开、香气袭人，让我们眼花缭乱之际又几乎要把我们熏醉。

这是抒情散文的应有之义——借景抒情，托物咏志。卢慧君当然不是像一个爱花的小女孩在欣赏盛开的花时那样叽叽喳喳，她是能解花语的，绽放在她笔下的每一朵花儿不但娇艳，而且都被赋予某种精神的象征，表达出她对自然的赞美，对生活的感慨，对人生悲欢离合、喜怒哀乐的咏叹。

尤其，像所有心肠柔软的女性一样，卢慧君对"落花"有一种天生的怜悯，充满了无尽的惋惜。"小楼一夜听春雨，深巷明朝卖杏花"，"桃花羞作无情死……飞入窗间伴懊侬"，花随冷雨凋零，徒留一地薄凉。不同的是，看似娇小力弱的卢慧君并不只是哀叹"无可奈何花落去"，行文中自然巧妙地笔锋一转，又给我们"柳暗花明又一村"的意境和信心，从而展露了她文字的清秀之力和丰饶的哲理意义。每一次凋谢是为了下一次更绚烂地绽放。"因而，也更喜更敬那些身处逆境、在困难面前不轻言放弃的生活强者。他们珍惜生命，热爱生活，做事温和，值得敬重。"

"回视满地的落花，仰望枝头的嫩芽，那片片舒展的绿叶生机盎然。驻足片刻，无限春意深深感染了我，让我心怀希望，奔向远方……"也许与性格和年龄有关，一般我不太爱看那些抒发小女子情思的纯情文字，觉得内蕴不足、思想含量不够，卢慧君的散文虽然也是这种类型，但我读出了一种意境的美。在她的文字五彩缤纷的表象下面，是一缕明媚的阳光，是一泓让人心性复苏的净水。她的文章呈现出与女性身份和风格相符相融的哲理意蕴：在大自然的启悟下，我们应该懂得感恩生命、怜惜生命、把握生命。

（四）

诗与花，两样美丽的事物，自然要用诗和花一般美丽的语言来描写。

对此，卢慧君是不怯的，她善于言情，善于即景抒怀。她的文字清新自然，淡语有味，浅语有致，如初发芙蓉，明亮纯净又细致敏感，配以音乐般的节律，散文满纸生香，看起来爽眼，读起来爽口。我们完全可以将其当散文诗来读——原本两者之间并没有太大的界线，当散文诗读更能引发共鸣。

起一些涟漪给生活吧！"虽然每日上班下班，数次途经这景色如画的公园，但从未放缓过来去匆匆的脚步，细细欣赏这一树树姹紫嫣红的花，葱茏明艳的绿。"为什么要这样呢？我们何不放慢匆忙的脚步，有什么比静静地阅读优美的诗句更让人心花怒放，有什么比一边散步一边倾听花开的声音更让人心旷神怡？女作家卢慧君已经用诗和花的语言告诉了我们如何来抖落满身的疲惫与困乏，那么我们不妨捧起她的书，让久蒙尘垢的心在她清秀的文字里洗涤。

后记

套用一句俗气又矫情的话：喜欢文字，纯属偶然。

小学三年级开始写作文，我之前没有经过看图写话的过渡训练，也没有同步作文指导，第一次写作文时心里也很茫然，只是把我想说的话写出来，心里怎么想就怎么写，平时怎么说话就怎么写。结果，我的作文受到了老师表扬，当作范文在全班朗读，给了我很大鼓舞。好胜心使然，以后的每篇文章我都尽力写好，以期在班上朗读。

上中专后，有幸遇到了石林海老师，他的文章写得好，自然重视我们的写作。石老师不但引导我们读了大量文学名著，还让我们办一份手抄报，以培养我们的写作兴趣。我的很多稿件在校广播站播放，很快我被推荐到校广播室任编辑。从此以后，我对文学产生了浓厚的兴趣，写作成了我最大的爱好，也成了我心中的一个梦。几年下来，我写了不少文章，可惜毕业时弄丢了。

文章真正变为铅字，是我参加工作后。那时工作条件差，8小时外几乎谈不上文化娱乐生活。镇上只有一台14英寸的黑白电视机，晚上在电视前挤了满满一屋人，我不愿凑热闹，就用读书和写作打发漫长无聊的光阴，大部分是记录工作和生活中的小故事及个人的感悟。后来我择出一些比较满意的作品寄出去，不料想真发表了。

一直把写作当作一个兴趣爱好，没有想过会有怎样的结果，所以我一直在忙碌之余三天打鱼、两天晒网地写点儿东西，压根儿没想过我的作品会结集出版。

近两年，随着女儿上大学，我的业余时间相对宽松，加上微信方便快捷，传播速度快、范围广，就有文友经常催问有没有新的作品，我不好意思每次都说没有。为了不让喜欢我文字的文友失望，我就不敢像以前那么懒散了，有感觉了就赶紧提笔。一些不知底细的文友经常问我要书，甚至有人在介绍我时说我出过书，这让我很尴尬，知道情况的朋友就鼓励我出本书。

真正让我付诸行动的是方琛老师，他说："你写了这么多，出一本集子，我给你帮忙策划编辑。"盛情难却，我挑选整理了一部分，大都是近两年的作品。也许是性格的原因，我的文章中没有惊天动地的大事，都是生活、教育教学工作中微不足道的琐事，或者是自然界中的花花草草。也许是生活太苦的缘由，我把那些不快的、沉重的话题自动屏蔽掉，只选取美好的、快乐的来写。不管是题材、语言，还是抒发的情感，我只想把美好的一面呈现给大家。我是用真诚真情来写作的，这也是读者喜欢的缘故吧。有文友说，读我的文章，脑海中浮现出江南水乡的女子，婉约清丽，禅意悠长；也有人说，我的文章唯美，像十八岁的姑娘。这都是对我最好的激励。正是因为你们，我才会在文学的路上不断前行，也才有了《青春如花》这本散文集。这本书能够顺利与读者见面，方琛老师、凌翔老师和郭军平老师都给予了极大帮助，在此深表感谢！

在我写作过程中，一直默默支持和鼓励我的单位领导、同事、编辑、亲人，还有认识的、不认识的朋友，在此一并表示感谢！想说的话实在太多，此刻千言万语都显苍白，除了谢谢，还是谢谢！